大展好書　好書大展

品嘗好書　冠群可期

大展好書　好書大展

品嘗好書　冠群可期

日語加油站 5

TIAOZHAN XIN RIYU NENGLI KAOSHI N2 TINGJIE

挑戰 新日語能力考試 N2 聽解

主　編　楊　紅

副主審　張晨曦　李宜冰

主　審　恩田 滿(日)

附CD

大展出版社有限公司

前言

2010年，國際日語能力測試從題型到評分標準進行了全面改革，其中聽解部分的改動最爲明顯，不但增加了題目類型與分量，同時聽解成績占總成績的三分之一，採取單科成績和總成績的雙重衡量標準。

無論改革與否，一般考生最爲薄弱的環節始終是聽解部分。能力測試改革前，學生中常常流傳這樣一句話：「只要聽力能過，考級就能過。」這充分反映了考生聽解能力存在不足。縱觀歷年考題，可以發現考題存在以下弊端：

（1）常以生僻的單詞爲考點；（2）內容脫離生活。

新日語能力測試聽解部分一個最突出的變化就是對學習者日語實際應用能力的考查，「Can-Do」成爲測試的核心要素，除以往的場景對話類題目外，還增加了若干生活對話問答類題目，是對聽說能力和分辨力的全面考核。

爲了幫助考生全面提高日語聽解能力，備戰考試，深入地瞭解和研究考題，我們特別編寫了這套「挑戰新日語能力考試・聽解」系列，透過對近兩年來舉行的新日語能力N1、N2、N3考試的題目分析，設置與聽解考試題型完全相同的模擬題目，爲考生順利衝刺新日語能力考試打下基礎。

本套書按照考試的題目類型劃分章節，每個章節是一種

題型，分別是「課題理解」「要點理解」「概要理解」「即時應答」「綜合理解」——首先，編者總結該題型的出題特點，並分析相應的解題方法和技巧，隨後提供大量題目給考生自我學習和測評。每章題目結束後，N1和N2級別均設有兩段電影對白、兩段新聞錄音和三段年輕人用語，N3級別設有兩段電影對白，供考生在集中精力練習聽力之後放鬆心情，並在之後的反覆練習中自測聽力水準的提高。

本套書的最大特色是除了提供大量的練習題目外，還給考生指出解題技巧，幫助考生在準備考試之前就了解到題目的類型特點和出題方式，準確找出自己的薄弱點，更加合理規劃自己的複習方式，從而取得好成績。

所有內容的錄音都收錄在隨書附贈的光盤中。爲了能給考生提供準確的語音示範，錄音全部由發音純正的日本外教灌製，與正規考試完全貼合。

本套書既可用於教師指導下的訓練，也適合於考生臨考前的自我適應訓練。在此特別指出：考生在做練習時一定要對自己的實力做出正確評估，不要囫圇吞棗，要針對自己的弱項進行循序漸進的特別練習。爲了本套書的順利完成，安徽科學技術出版社提供了諸多方便；奧村望、齊藤郁惠、河角靜、楠瀨康仁等日本外教爲了取得更好的錄音效果不辭辛苦，反覆錄製；主審恩田滿教授認眞審讀本套書，保證內容的準確性和對話的地道性。在此謹致謝意。

編者　李宜冰

目次

第一章　課題理解

★題型特點

1. 對話開始前有相關背景說明。
2. 問題將在對話開始前和結束後各出現一次。
3. 四個選項均被印刷在試卷上。
4. 對話場景多為辦公商業場景。
5. 對話內容較多，干擾項目多。

★解題方法

1. 拿到試卷以後，把握時間瀏覽每一道題的選項，推測可能的對話內容。

2. 注意對話開始前的提示文，不可掉以輕心。

3. 聽好對話開始前的問題，找出關鍵詞。

4. 答案多在對話的中後部出現，所以要一直集中精神。

5. 保持輕鬆良好的心態，遇到不懂的單詞不要驚慌。

為了正確解答問題，在這裏首先要求考生注意對話開始前的背景說明。背景說明會告訴考生對話發生的地點、主題，以及對話者之間的關係。這些資訊可以幫助考生更好地理解對話，做好答題的心理準備。

此外，該題型還要求考生聽好對話開始前的問題，找出關鍵詞。課題理解問題雖然都是主人公接下來應該做的事情，但是時間卻有所不同。每一道題都有時間限制。如果忽略提問中的這一關鍵詞，就不能選出正確答案。

除了上述兩點，考生在考試中還應該保持良好的心態，遇到不懂的單詞不要驚慌，透過前後文積極聯想，推測其意思，千萬不可因為某一個單詞而放棄整個題目。

問題1

問題1　まず質問を聞いてください。それから話を聞いて、問題用紙の1から4の中から、最もよいものを一つ選んでください。

1番　101

1. シャツ、ジーンズ、スニーカー。
2. ジャケット、ジーンズ、スニーカー。
3. スーツ、ネクタイ、革靴。
4. ジャケット、ジーンズ、革靴。

2番　102

1. 胸の前で両手を合わせて、両膝を折ってひざまづく。そして両手をはなして両手と頭を床につけたまま、両手を裏返して手のひらを上に持ち上げる。
2. 胸の前で両手を合わせて、ひざまづいて両手を下に伸ばしたまま両手を裏返して手のひらを天井に持ち上げる。
3. 胸の前で両手を合わせて、両膝を折ってしゃがむ。そして両手をはなして両手と頭を床につけて、立って両手を裏返して手のひらを上に持ち上げる。

4. 立ったまま両手を伸ばしてから、手を床に持ち上げる。それから、ひざまづいて両手を裏返して手のひらを上に持ち上げる。

3番 103

1. 銀行に行く。
2. 郵便局に行く。
3. 見積書を作る。
4. 報告書を書く。

4番 104

1. 1番。
2. 2番。
3. 3番。
4. 4番。

5番 105

1. チラシの原稿を書き直す。
2. チラシの原稿をプリントアウトする。

3. ボランテァアの学生を募集する。

4. 先生の研究室に行く。

6番 106

1. 資料、プロジェクター、ペットボトルのお水。

2. 資料、ペットボトルのお水、ワイヤレスマイク。

3. 資料、ワイヤレスマイク。

4. ペットボトルのお水、ワイヤレスマイク。

7番 107

1. 一粒の大きい真珠のサンプルのネックレス。

2. 三粒の小さい真珠のサンプルのネックレス。

3. 丸い輪の真珠のネックレス。

4. 横に並んだ方の安い豪華な感じのネックレス。

8番 108

1. カッター、ガムテープ、はさみ。

2. カッター、ガムテープ、マジックペン。

3. はさみ、カッター。

4. カッター、マジックペン。

9番 109

1. 書類を2部コピーする。
2. 書類をチェックする。
3. センターに書類を届ける。
4. 喫茶店に書類を届ける。

10番 110

1. スーパー。
2. クリーニング屋。
3. 銀行。
4. 郵便局。

11番 111

1. 6時半。
2. 7時半。
3. 10時。
4. 11時。

12番 112

1. 物価について。
2. 昇給について。
3. 料理について。
4. 旅行について。

13番 113

1. 家に帰って薬を飲みます。
2. 薬を買いにいきます。
3. 薬を飲んで仕事をします。
4. 病院にいきます。

14番 114

1. 傘、本、ラジオ。
2. 傘、本、ズボン。
3. 傘、ラジオ、ズボン。
4. 本、ラジオ、ズボン。

15番 115

1. 申込書を書く。
2. 申込書と推薦状を書く。
3. 成績証明書をもらう。
4. 指導教授に推薦状をお願いする。

16番 116

1. 眠ってしますことが多いです。
2. ずっと立っています。
3. ずっと音楽を聞きます。
4. いつも本を読んでいます。

17番 117

1. お酒を置いて、会社に行きます。
2. 会社を休みます。
3. 電車で会社に行きます。
4. 車で会社に行きます。

18番 118

1. 遅刻なんかするはずはありません。
2. また遅刻します。
3. もう遅刻できません。
4. もう遅刻しません。

19番 119

1. タクシーで帰りました。
2. 怪我をしました。
3. 会社に電話しました。
4. 気分が悪くなりました。

20番 120

1. 木綿です。
2. 絹です。
3. 紙です。
4. 人工的なものです。

シナリオ練習

耳をすませば 

雫：一応やってみたけどうまくいかないよ。

雫：やっぱり英語ままでやったら？

夕子：白い雲　涌く丘をまいてのぼる　坂の町。

夕子：古い部屋　小さな窓　帰り待つ　老いた犬。

雫・夕子：カントリーロード　はるかなる　ふるさとへ　つづく道。

雫・夕子：ウェストジーニア　母なる山　なつかしい　わが町。

夕子：悪くないよ。

雫：だめだ！　ありきたり…

夕子：そうかなあ。

雫：こんなのも作った？

夕子：コンクリートロード　どこまでも。

夕子：森をきり　谷をうめ　ウエスト東京マウント多摩。

雫・夕子：ふるさとは　コンクリートロード。

夕子：なぁに？　これ。

雫：で、なによ相談って？

雫：訳詞はまだいいんでしょ。

夕子：…うん。

夕子：雫、好きな人いる？

雫：え…

夕子：両思いの人がいたらいいなって思うよね。受験だし、励まし合って頑張れたらって。

雫：夕子、好きな人いるんだ。

雫：ラブレター！もらったの？

夕子：シッ！やだっ？

雫：いつ。どんな人？かっこいい？

夕子：他のクラスの子…、少しかっこよかった。

雫：つきあってみたら、それで嫌なら断る。

夕子：…でも。

雫：さては他に好きな人ひといるんでしょう！

夕子：えっ…

雫：隠してもダメ！ほ、れ、白状しちゃえ。

夕子：えっ…あ…、す、す…

杉村：月島ぁっ！オレのバッグとってくれるー。

雫：杉村！

杉村：ねー、そこの青いスポーツバッグ！頼むよー、月島ーっ！それ投げてえ？

雫：うるさいなあ、もう？

雫：万年タマひろい？

杉村：ひでぇなあ、レギュラーで3回戦突破したんだぞ！

雫：夕子！

杉村：わっ！

ナルト（1）　122

自来也： どんなに求めたところで、結局やつが戻ってくるはずもなかった。苦しんだあげく、残ったのは、己の無力さと後悔、わしと同じ道を歩ませたくないんだ、お前に。佐助を追うなら、修業の話はなしだ、お前を暗部に見張らせ、ことによっては、木の葉からの外出を禁ずる。お前はただのガキではない、暁が付け狙う九尾をもっとる。ことがことだ、わしの言うことを聞かず勝手のことをするというなら、そうするしかない。いずれお前は、大蛇丸より厄介なやつらを相手にしなきゃならなくなるんだ。佐助のことは諦めるんだの、遅かれ早かれこうなる運命だったんだ、もう苦しむな。忘れて、切り捨てろ！術や力だけじゃない、忍びなら、正しい判断や選択をする目を養え。忍びとして生きるなら、もっと賢くなれ！馬鹿のままじゃ、この世界、生きづらいのが現実だぞ。

ナルト：分かったよ。賢いってのがそういうことなら、俺は一生ばかでいい！一人でも、もっとすげえ術編み出して、左助は絶対に助ける！そんで、そんで、暁だってぶっとばす！

自来也：お前みたいなもんが一人でやっても、どうせくだらんエロ忍術を思いつくのが関の山だろう。馬鹿は馬鹿でも、大ばかだったら、何となるかもなあ。たいいんにしたら、覚悟しとけの！この大馬鹿もんが！じゃの。

ナルト：おす。

ニュース練習

ライブハウス殺人未遂で逮捕　123

昨夜、東京・渋谷区のライブハウスで、23歳の無職の男が店内にガソリンのような液体をまいて火をつけようとしたとして、殺人未遂などの疑いで逮捕されました。当時、店内には客などおよそ40人がいたということで、7人がのどの痛みなどを訴えて病院で手当てを受けました。

逮捕されたのは大阪・茨木市の無職、島野悟志容疑者です。警視庁の調べによりますと、島野容疑者は昨夜8：45分ごろ、渋谷区宇田川町のビルの地下にあるライブハウス「チェルシーホテル」で、バケツに入ったガソリンのような液体を床にまき、火をつけようとした殺人未遂と放火未遂の疑いが持たれています。島野容疑者は、従業員に取り押さえられたあと駆けつけた警察官に引き渡され、逮捕されました。

「取り押さえてくれなかったら、マッチをもっていたので、引火するところだった。」

「大量殺人にし、死刑になりたい」というのが容疑者の弁でした。

警視庁によりますと当時、店ではライブイベントが行われており、客や従業員およそ40人がいたということで、このうち30代の男性従業員と10代から20代の女性客6人の合わせて7人が、のどの痛みや吐き気を訴えて病院で手当てを受けました。いずれも症状は軽いということです。

調べに対して島野容疑者は、「ガソリンをまいて火をつけて、人を焼き殺そうとした」と供述し、容疑を認めているということです。また、現場にいた人によりますと、島野容疑者は店内に入ってきたときに催涙スプレーを噴射していたということです。警察は、当時の状況や犯行の動機について詳しく調べることにしています。

——○ 吉野家中国1000店へ ○—— 124

関係者によりますと、吉野家は大手商社「伊藤忠商事」が出資する中国の大手外食チェーンが年内に合弁会社を設立し、中国での店舗数を向こう5年程度で今の5倍近い1000店にまで拡大する計画です。吉野家は現在、北京や上海など沿岸部を中心に店舗を展開していますが、新会社の設立によって、物流網の整備が遅れている四川省などの内陸部にも牛肉などの配送ルートを確保する方針で、中国に進出している日本の外食チェーンの中で最大規模の店舗網を築くことになります。外食市場は、日本では少子化などを背景に伸び悩む一方、中国では経済成長に伴って大幅な拡大が見込まれています。

ハンバーガーチェーンなど世界的な外食チェーンも出店を強化しており、今後、沿岸部だけでなく内陸部でも出店競争が激しくなりそうです。

若者言葉

A：部外者は出てってくれ、不法侵入で訴えるぞ。

B：いやいや、教師、教師、秋元先生に頼まれてきたんだって、ほら。秋元先生は？

A：校長なら、昨日、入院したよ。

B：はっ、入院って、来週じゃなかったの？

A：早まったんだ。

B：ええっ！

例 2

A：カリスマ店員、嘉納はるこ？

B：ほんとに予備校と勘違いしてきたのか？

C：いや、普通、先生をやってほしいって言われたら、家庭教師とか塾とか予備校じゃん。

B：じゃ、日本語教師の経験は？

C：ゼロでしょ、ちょっとまってよ。

A：あの、カリスマ店員なんよね。

C：だったよ、辞めてきたんだから。

例 3

A：ああいう、教科書に載ってないけども、生活に必要な言葉を、何て言うか知ってるか？

B：いや、ちょっと。

A：サバイバルだ。

B：サバイバル？

A：学生にとって、慣れない日本での生活は、まさにサバイバルってことなんだよ。

第二章　ポイント理解

解答ポイント

★題型特點

1. 對話開始前有相關事項提示。
2. 有相關場景和問題說明。
3. 問題將在對話開始前和結束後各出現一次。
4. 四個選項均被印刷在試卷上。
5. 對話場景多樣样化。

★解題方法

要點理解類的題目，要比課題理解類題目稍長，難度大，因此考試時增加了閱讀選項的時間。這類題目多由傳統的原因題目、「最」字類題目構成。但因為選項被印出，所以考生相對輕鬆了不少。對於「最」字類的題目，必殺技為抓住表示「最」的關鍵副詞或排除併列選項。而做原因題，則要注意轉折後面的內容、問句回答中的解釋內容，以及透過排除法否定部分選項。

問題2

問題2　まず質問を聞いてください。そのあと、問題用紙の選択肢を読んでください。読む時間があります。それから話を聞いて、問題用紙の1から4の中から、最もよいものを一つ選んでください。

1番　201

1. 手袋をすること。
2. うがいをすること。
3. マスクをすること。
4. 手を薬で消毒すること。

2番　201

1. 書類のことをすぐ会社に連絡しなかったから。
2. 書類をみつけることができなかったから。
3. 書類を探さなかったから。
4. 書類を失くしてしまったから。

3番 203

1. 出発ロビーのAカウンター。
2. 出発ロビーの案内カウンター。
3. 韓国航空のカウンター。
4. 日本航空のカウンター。

4番 204

1. 野菜。
2. 肉。
3. 魚。
4. 野菜と肉。

5番 205

1. 風邪で熱があるから。
2. 先生にしかられたから。
3. 友だちが交通事故で死んだから。
4. 友だちから死んだ人の話を聞いたから。

6番 206

1. 本を安く買えたから。
2. お金を拾ったから。
3. おこづかいをもらったから。
4. 宝くじに当たったから。

7番 207

1. 周りの大人たちの無関心。
2. 周りの大人たちの態度。
3. 子供たちの性格。
4. 厳しい社会の現実。

8番 208

1. 宿題を全部してきたから。
2. 友だちにノートを貸したから。
3. 友だちの代わりに宿題をしてあげたから。
4. 人のせいにしなかったから。

9番 209

1. 同じ水を飲んでいると飽きるから。
2. 値段が安いから。
3. 健康にいいから。
4. 酸素が入っているから。

10番 210

1. 油が少ないから。
2. 1対1だから。
3. 香りがいいから。
4. カロリーが低いから。

11番 211

1. 一日中雨がふって雷が鳴る。
2. 夕方から晴れる。
3. 午後から雨が降りやすくなる。
4. 午前中から雨がふる。

12番 212

1. 男の人のおしりの下。
2. 男の人の腰のベルト。
3. 男の人のポケット。
4. さっきコーヒーを飲んだ店。

13番 213

1. キャンパス。
2. 白い建物。
3. 図書館。
4. 国際文化交流センター。

14番 214

1. 学費を払います。
2. 学費と教科書代を払います。
3. 学籍を登録します。
4. 先生に挨拶します。

15番 215

1. 肉料理、かいせん料理、野菜料理。
2. マーボ豆腐、はるまき、チャーハン。
3. サラダ、焼き魚、マーボ豆腐。
4. サラダ、焼き魚、チャーハン。

16番 216

1. 子供を預ける所がないことです。
2. 実家が遠いことです。
3. 夫が子育てに協力してくれないことです。
4. 近所の奥さんが子供に怪我をさせたことです。

17番 217

1. 気候が酒作りに合っているからです。
2. 地形が酒作りに合っているからです。
3. いい米ができるからです。
4. 伝統技術があるからです。

18番 218

1. 部下に軽く見られています。
2. 部下に親しまれています。
3. 部下に信頼されています。
4. 部下に恐れています。

19番 219

1. ともだちにあげます。
2. 売ります。
3. ともだちにもらいます。
4. 捨てます。

20番 220

1. 夜、電話をします。
2. 朝のうちに電話をします。
3. 夕方、電話をします。
4. 時間があるとき、携帯電話をします。

シナリオ練習

ナルト（2） 221

白：気づいた時、僕は実の父を…そして、その時、僕は自分のことをこう思った。いや、そう思わざるを得なかった。そして、それが一番辛いことだと知った。

鳴人：一番…辛いこと？

白：自分がこの世にまるで必要とされてない存在だということです。

鳴人：俺と…同じだってばよ。

白：君は、僕にこう言いましたね。「里一番の忍者になって、みんなに認めさせてやると、もし、君を心から認めてくれる人が現れた時、その人は、君にとって、最も大切な人になりえるはずです。ザブザさんは僕が血継限界の一族と知りながら、知った上で、拾ってくれた。誰もが嫌ったこの能力を、好んで必要としてくれた。

（再放送）

ザブザ： お前みたいなガキが、誰にも必要とされず、のたれ死に。

白： お兄ちゃんも、僕と同じ目をしている。

ザブザ： ふん？小僧、誰かに必要とされたいか？俺のために、すべて差し出せるか？今日からお前の能力は俺のものだ。ついて来い。

白： 嬉しかった。

千と千尋の神隠し 222

千尋：ハク、聞いて。お母さんから聞いたんで自分では覚えてなかったんだけど、私小さいとき川に落ちたことがあるの。その川はもうマンションになって、埋められちゃったんだって。でも、今思い出したの。その川の名は、その川はね、琥珀川。あなたの本当の名は、琥珀川。

千尋：ああっ。

ハク：千尋、ありがとう。私の本当の名は、ニギハヤミ、コハクヌシだ。

千尋：ニギハヤミ。

ハク：ニギハヤミ、コハクヌシ。

千尋：すごい名前。神様みたい。

ハク：私も思いだした。千尋が私の中に落ちたときのこと。靴を拾おうとしたんだね。

千尋：そう。琥珀が私を浅瀬に運んでくれたのね。嬉しい。

ニュース練習

青森 りんご3000個盗難 223

青森県で、台風に備えて、農家がリンゴ畑の様子を見に行ったところ、収穫を目前に控えたりんごおよそ3000個が盗まれているのが見つかり、警察が窃盗事件として調べています。

今日午前5時半ごろ、青森県鰺ヶ沢町のりんご畑で収穫を目前に控えたりんごが枝からもぎ取られているのを畑を所有する農家の男性が見つけて警察に届け出ました。警察で調べたところ、りんご畑にある48本の木からおよそ3000個のりんごがもぎ取られていて、被害額は、およそ7万2000円に上るということです。

「たいへんな台風で、5時ごろ起きて、リンゴもぎ始めて、全然なってなかった。」

「ひとのものただで、一回でもぎ取って持っていく、腹たってしょうがねえ」というのが被害者の弁でした。

警察は、窃盗事件として、おとといから今日朝にかけての犯行で、りんごの数が多いことから複数の人物が関与した可能性もあるとみて調べています。また、警察は、この事件を受けて毎年、収穫時期に合わせて9月中旬から始めるこの地域のリンゴ畑のパトロールを、ことしは今日から始めることになりました。

——○ 日本の大学 韓国で留学説明会 ○—— 224

少子化で日本国内の学生が減るなか、優秀な学生を海外から獲得しようと東京大学や東北大学、早稲田大学など日本の18の大学がソウルで韓国の学生に日本への留学を呼びかけました。

東北大学のブースでは、東日本大震災の影響が授業にはほとんどないことを説明したうえで、英語のクラスを設置したことなど、を紹介していました。教授陣が英語で模擬講義を行い、PRする大学もありました。

「英語だけで終了できるというような学位が取れるというコース、学部、それから大学院を作っていきまして、奨学金も拡充して優秀な学生をサポートしたい」と(大学の教授)。

若者言葉

A：この本、借りてくよ。

B：えっあの、今、見てました？

A：うん、何を？

B：あ、何でもないです。あっ、学校の本は持ち出し禁止です。

A：じゃ、黙っといてよ。

B：規則ですから、そういうわけには…

A：あたしも黙っとくからさ、じゃね。

例2

A：無理ですよ、たった三か月で、クラス全員を卒業試験に合格させるなんて！

B：はめられた。

C：おはようございます。どうしたの、変な顔して。

B：チッ変な顔に見えるなら100バーー鷹栖のせいね。

C：本気で日本語教師やらせるために発破かけたんだよ。内心、期待してる。と思うんだけどな、俺は。

B：わたしに？

C：うん。

例3

A：マリーのキャラ、強烈だわ！

B：フランスのお家って、シャトーなんですよね。

A：え？

B：お城に住む、本物のマダムらしいですよ、マリーさん。

A：お城、え、じゃあ、何であんな金持ちが任侠なんかに興味ある訳わけ？

B：外国人には新鮮なんだよ、粋で、いなせだとか言って。

A：粋で、いなせね。

第三章　概要理解

解答ポイント

★題型特點

1. 對話開始前有相關事項提示。
2. 有相關場景和問題說明。
3. 問題在對話結束後只出現一次。
4. 四個選項均被印刷在試卷上。
5. 對話場景多為衣、食、住、行等各方面。

★解題方法

概要理解類題目事先沒有提問，要求大致理解整篇原文，進而判斷講話人的意圖、主張或講話的核心。這類題目對應試者聽力水準要求較高，問題只在錄音最後提出，考生必須聽懂大意，才能回答出最後的問題，而且試卷上也沒有選項，故難度較大。這類題目以敘述為主，常常先提出一些

觀點，加以否定，再提出自己的看法，於是轉折的接續詞成為一個重要的標誌，往往表示轉折的後面是整個題目的關鍵句，所以做該類題目時一定要有技巧、有重點地去聽，抓住關鍵詞。

問題3

問題3　問題用紙に何も印刷されていません。この問題は、全体としてどんな内容かを聞く問題です。話の前に質問はありません。まず話を聞いてください。それから、質問と選択肢を聞いて、1から4の中から、最もよいものを一つ選んでください。

1番　301

2番　302

3番　303

4番　304

5番　305

6番　306

7番　307

8番　308

9番　309

10番　310

11番　311

12番　312

13番　313

14番　314

15番　315

16番　316

17番　317

18番　318

19番　319

20番　320

シナリオ練習

名探偵コナン　321

歩美：でも、このピアノの部屋きれいだね。

コナン：そいつは多分、ここだけは絶対汚しちゃダメだと親に言われてたんじゃねーか？

恵太：うん！ピアノの部屋は音楽の神様がいるからって。ママが…

コナン：んで、弾き終わった後はちゃんとイスの高さを戻してたんだな？

恵太：うん！最初に君達が来た時はびっくりして戻し忘れたけど。

哀：なるほど、だから焦ってたのね。演奏者は子供だと確信していたのに、イスの高さが子供用じゃなかったから。

コナン：ああ、高さが変えられるイスとは思わなかったからな。

元太：でも、本当に犯人逃げちまったのかよ？

光彦：日記だと？「自分の事を知られてるから殺すしかない」って書かれた次の日が「ボウヤ許してくれ」になってましたよ。

コナン：確かに、その2つの日記が続いていると、殺すしかなくて殺しちまったように思えるけど、その2つは続いちゃいなかったんだよ。

元太：え？

コナン：この子がページをすり替えたから。書き写す紙がなくなって、思わず日記に描いちまった、この宝の地図のページを抜き取るためになあ。

皆：え？

コナン：ほら、縁から食み出でたページが2つあるだろ？

光彦：あ、確かに？

コナン：それがページを差し替えた証拠だ！

となりのトトロ

サツキ：こんにちは。

お母さん：いらっしゃい。

メイ：お母さん。

お母さん：メイ、よく来てくれたわね。

メイ：お父さん、道間違えちゃったんだよ。

お母さん：そう、いらっしゃい。

サツキ：今日田植え休みなの。

お母さん：そうか。

メイ：お父さん、先生とお話してる。

お母さん：みんな来てくれてうれしいわ、新しいおうちはどう？もう落ち着いた？へえ、おばけやしき？

メイ：お母さん、おばけやしき好き？

お母さん：もちろん、早く退院しておばけに会いたいわ。

サツキ：よかったね、メイ、心配してたの、お母さんがきらいだと困るなぁって。

お母さん：サツキとメイは。

メイ：好き、メイ、こわくないよ。

お母さん：メイの髪の毛サツキが結ってあげてるの。

サツキ：うん。

お母さん：上手よ、いいね、メイ。

メイ：うん、でも、おねえちゃんすぐ怒るよ。

サツキ：メイが おとなしくしないからよ。

お母さん：サツキ、おいで、ちょっと短すぎない？

サツキ：私、このほうが好き。

メイ：メイも、メイも。

サツキ：順 番。

お母さん：あいかわらずの癖っ毛、私の子供のころとそっくり。

サツキ：大きくなったら、わたしのかみもお母さんのようになる？

お母さん：たぶんね、あなたは母さん似だから。

サツキ：お母さん、元気そうだったね。

お父さん：あ、そうだね、先生ももうすこしで退院できるだろうといってたよ。

メイ：もうすこしって 明日？

サツキ：またメイの明日がはじまった。

お父さん：明日はちょっと無理だな。

メイ：お母さん、メイのふとんで一緒に寝たいって。

サツキ：あれ、メイは大きくなったから一人で寝るんじゃなかったの。

メイ：お母さんはいいの。

ニュース練習

長崎 赤ちゃんの土俵入り 323

長崎県雲仙市の神社で、「赤ちゃんの土俵入り」が行われました。

力士のように力強く健やかに育つようにと願いをこめた伝統行事で、およそ300年前から続いています。地元をはじめ東京や愛知から、生後3か月から1歳の赤ちゃん40人が参加しました。2年前から女の子も参加できるようになり、ことしは5人の女の子が土俵入りを行いました。中には寝たまま土俵入りする赤ちゃんもいて、笑いを誘っていました。「はじめての父にびっくりしたみたいです」「たくましかったです。このまま元気に大きくなってもらいたいです」と。

——○　東電OL事件 唾液の鑑定へ　○——324

平成9年、東京で東京電力の女性社員が殺害された事件で、無期懲役が確定したネパール人の受刑者とは別の血液型の唾液が、事件当時、被害者の体から検出されていたことが関係者への取材で分かりました。ネパール人の受刑者は裁判のやり直しを求めていて、検察は、新たに唾液などのDNA鑑定を行うことにしています。

この事件では、強盗殺人の罪で無期懲役が確定したネパール人のゴビンダ・プラサド・マイナリ受刑者（44）が、無実を訴えて裁判のやり直しを求めていて、検察が、ことし、被害者の体に付着していた体液や現場に残されていた体毛のDNA鑑定を行った結果、別の男性のものであることが分かっています。さらに関係者によりますと、被害者の体からは、事件当時、マイナリ受刑者とは、別の血液型の唾液が検出されていたことが明らかになりました。検察は、最近になって裁判所とマイナリ受刑者の弁護団にこの事実を伝えたうえで、唾液を含むおよそ40点の証拠について、新たにDNA鑑定を行う方針を伝えたということです。実際にDNA鑑定を行うかどうかは、裁判所が今後、判断することになります。これについて検察幹部は「検出された唾液の量が微量だったので、当時の技術ではDNA鑑定ができなかった。今は技術の向上もあり、検察にとって有利不利を問わずDNA鑑定を行う必要があると判断した」と話しています。

若者言葉

例1

A：おはようございます。

B：うん、おはよう。私の全財産362円だよ。

A：ええっ！お給料日まで、まだ一週間以上ありますよ。

B：じゃあ、お昼おごって！

A：「じゃあ」の意味がわかりません。

B：買いものとかさ、なんか、いろいろ付きあってあげるから。

例2

A：ありえないの、そんなこと。

B：いや、わたし、見たんです。

C：どうしたの？

A：いや、ハハハ、あのね、昨日、鹿取かとり先生が最後まで残って、仕事してたんだって、そしたら。

B：見たんです、わたし！廊下に貼ってあったカレンダー。

C：ああ、あの印度人の学生が持ってきたカレンダー。

B：ええ、あのカレンダーの男の人の目から。

A：全然、感じない。

例3

A：カリスマ、ちょっとこい。

B：はあ、うるさいな、何。

A：何ですか、鷹栖先生でしょうが！

B：何ですか、鷹栖先生。

A：お前さ、これ、ちょっとみてみろよ。

B：はあ、ええっと、次の例文の読み方を答えなさい、気にはいらない。はあ？気にはいらない、ジャック以外全員！

A：どんな授業してんだ、お前は？

B：もしかして、気にはいらないが正解なの？

A：正解わねえだろうよ、忘れんなよ、一人でも落第したら、お前の高校教師になるっていう夢はおじゃんだからな。

第四章　即時應答

解答ポイント

★題型特點

1. 簡短的日常生活場景和問題說明。
2. 三個選項均未被印刷在試卷上。
3. 話題多為日常生活對話、寒暄語等。
4. 對話場景多樣化。

★解題方法

即時應答問題難度不高，若能仔細辨識的話，基本上都能答對。不過由於考查的是聽力，句子短小且口語化，考生有時還沒反應過來，就結束了。從這一點上看，新能力考試的一個難點就是要求考生要有一定生活口語的應變能力，學會用日語思維思考，不僅要學會語言，更要了解一國的文化和說話方式。建議考生注意積累和練習。

問題4

問題4　問題用紙に何も印刷されていません。まず文を聞いてください。それから、それに対する返事を聞いて、1から3の中から、最もよいものを一つ選んでください。

1番　401

2番　402

3番　403

4番　404

5番　405

6番　406

7番　407

8番　408

9番 409

10番 410

11番 411

12番 412

13番 413

14番 414

15番 415

16番 416

17番 417

18番 418

19番 419

20番 420

21番 421

22番 422

23番 423

24番 424

25番 425

26番 426

27番 427

28番 428

29番 429

30番 430

31番 431

32番 432

33番 433

34番 434

35番 435

36番 436

37番 437

38番 438

39番 439

40番 440

シナリオ練習

秒速5センチメートル（1）　441

明里：ねぇ、秒速5センチなんだって。

貴樹：えっ、なに？

明里：桜の花の落ちるスピード。秒速5センチメートル。

貴樹：ん。明里、そういうことよく知ってるよね。

明里：ねぇ、なんだか、まるで雪みたいじゃない？

貴樹：そうかなぁ？あっね、待ってよ？明里？

明里：貴樹くん、来年も一緒に桜、見れるといいね。

明里からの手紙

明里：遠野貴樹様へ。大変ご無沙汰しております。こちらの夏も暑いけれど、東京に比べればずっと過しやすいです。でも今にして思えば、私は東京のあの蒸し暑い夏も好きでした。溶けてしまいそうに熱いアスファルトも、陽炎のむこうの高層ビルも、デパートや地下鉄の寒いくらいの冷房も。私たちが最後に会ったのは、小学校の卒業式でしたから、あれからもう半年です。ねぇ、貴樹くん、あたしのこと、覚えていますか？

明里： 前略貴樹くんへ。お返事ありがとう。うれしかったです。もうすっかり秋ですね。こちらは紅葉がきれいです。今年最初のセーターをおととい私は出しました。

空の城ラピュタ 442

シータ：パズー。

パズー：んん？

シータ：私、怖くてたまらないの。ほんとはラピュタなんかちっとも行きたくない。ゴリアテなんか見つからなければいいのに、って思ってる。

パズー：じゃあ。

シータ：んーん、光の指した方向は本当。でも。

パズー：あのロボットのこと？

パズー：かわいそうだと思う。

シータ：うん。おばあさんに教わったおまじないで、あんなことが起こるなんて。

シータ：あたし、他にもたくさんおまじないを教わったわ。もの探しや、病気を治すのや絶対使っちゃいけない言葉だってあるの。

パズー：使っちゃいけない言葉？

シータ：滅びのまじない。いいまじないに力を与えるには、悪い言葉も知らなければいけないって、でも決して使うなって。教わったとき、怖くて眠れなかった。あの石は外に出しちゃいけないものだったのよ。だからいつも暖炉の穴に隠してあって、結婚式にしかつけなかったんだわ。おかあさんも、おばあさんも、おばあさんのおばあさんも皆そうしてきたんだもの。あんな石、早く捨ててしまえば良かった？

パズー：んん、違うよ。あの石vのおかげで僕はシータに会えたんだもの。石を捨てたって、ラピュタはなくならないよ。飛行機械が、どんどん進歩してるからいつか誰かに見つかっちゃう。

パズー：まだ、どうしたらいいかど本当にラピュタが分からないけ恐ろしい島なら、ムスカみたいな連 中に渡しちゃいけないんだ！それに、今逃げ出したら、ずっと追われることになっちゃうもの。

シータ：でもあたしのためにパズーを海賊にしたくない？

パズー：ふふっ、僕は、海賊にはならないよ。ドーラだって分かってくれるさ。見かけよりいい人だもの。

パズー：全部片づいたら、きっとゴンドアへ送っていってあげる。見たいんだ。シータの生まれた、古い家や、谷や、ヤク達を。

シータ：はぁー、パズー。

ニュース練習

消費支出 5か月連続で減少 443

先月の独り暮らしを除いた世帯の消費支出は、東日本大震災の影響などで自動車の購入が減少していることや節電で電気代が減っていることなどから、5か月連続で去年の同じ月を下回りました。

総務省が発表した家計調査によりますと、先月の独り暮らしを除いた世帯の消費支出は、1世帯当たり28万46円となり、物価の変動を除いた実質で去年の同じ月を2.1%下回りました。消費支出は、ことし6月までは去年の同じ月を9か月連続で下回っていましたが、消費者物価指数の基準が改定され、2月が増加になったことから減少は5か月連続となりました。これは、自動車の購入が震災直後の状況からは持ち直しつつあるもののエコカーに対する補助金で大きく伸びた去年と比べると下回っているほか、節電によって電気代が減っていることなどが理由です。ただ、自粛ムードが落ち着いて海外旅行が増加していることや、地上テレビ放送の完全デジタル化を前にテレビの購入が増えたことから、消費支出は前の月に比べると増加になっています。総務省は「震災のあった3月を底に収入やマインドは回復してきており、今後、消費支出は緩やかに回復する可能性がある」と話しています。

——○ 完全失業率 2か月連続で悪化 ○—— 444

先月の完全失業率は、東日本大震災で大きな被害を受けた岩手・宮城・福島の3県を除いた調査で4.7%となり、前の月に比べて0.1ポイント上昇し、2か月連続で悪化しました。

総務省によりますと、東日本大震災で大きな被害を受けた岩手・宮城・福島の3県を除く44都道府県の先月の就業者数は5973万人で、完全失業者数は292万人でした。この結果、季節による変動要因を除いて計算した完全失業率は4.7%と、前の月に比べて0.1ポイント上昇し、2か月連続で悪化しました。一方、宮城県では一部の地域で調査が行われ、それによりますと、1261人が回答し、これを基に仮に計算した完全失業率は5.7%となっています。

若者言葉

A：卒業試験に、敬語の問題なんか出んの？

B：ええ、よくでますよ。

C：おはようございます。

A：あ、おはよう、ジャック。

C：遅刻でしょうか？

A：ぎりぎりセーフ。

C：会社で早朝会議があったものですから…

A：つらいねえ、サラリーマンは。

C：社運のかかった仕事を任されていますので。ところで、今日も素敵なお召し物ですね。

A：え、ああ、これ、ダブルシーの新作、イケてるっしょ。ジャックも今日のイケてんじゃーん。

C：いいえ、こんなのはボロですよ。

例2

A：ダメだ、どこにも答えがない。

B：まあ、確かに日本語には、あいまいな表現がたくさんありますからね。

A：何となくの感じでわかるないしさ。何かこうバシッとした、答えはないわけ？

C：日本人でも戸惑うもんね。いいならいい、すきなら好きってね。

A：あいまいさがわかんない人たちにはイエスなのかノーなのか、ハッキリ言うべきよね。

D：やっぱりおめえは、何もわかってねえなあ。

A：何でよ。

D：ハッキリさせないから、いいことだって、あるんだよ。ノーっていうより、ああ、大丈夫ですって答える方が相手への思いやりや気遣いを感じられるだろう。

例3

女：これ、何のロボットですか。

男：地震や火山噴火の被害者を救うためのロボットです。私たちに、もともと、トンネル工事のためのロボットの技術を持っていたんです。

女：はあ。

男：そして数年前からその技術を使って、地震や火山噴火の際の救助ロボットを作るようになったんです。

女：じゃ、大雨や洪水でも大丈夫ですか。

男：いいえ、このロボットはそれにはちょっと弱いんです。将来的には台風の際の救助ロボットも開発したいと思っているんです。

女：ああ、そうですか。

第五章　総合理解

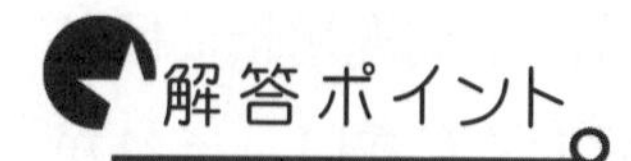

解答ポイント

★題型特點

1. 對話開始前有相關事項提示。
2. 對話較長。
3. 問題在對話結束後只出現一次。
4. 四個選項均被印刷在試卷上，還有針對一段對話提出兩個問題的題型。
5. 對話場景多樣。

★題型特點

綜合理解是針對內容更加複雜、資訊量更大的原文，邊聽邊理解其內容的一類問題。做這一類題目，必須記筆記。往往是先介紹四類事物，然後再提出需求，根據需求進行選擇。一般題目較長，但只要細心把握核心內容，及時排除干擾項，就不難答對。2011年考試中的這類目，涉及很多外來語，建議考生多接觸些有關公司日常交談的常用語，以備今後考試之用。

問題5

問題5　長めの話を聞きます。この問題には練習はありません。メモをとってもかまいません。問題用紙に何も印刷されていません。まず話を聞いてください。それから、二つの質問を聞いて、それぞれ問題用紙の1から4の中から、最もよいものを一つ選んでください。

1番 501

【質問1】

1. ミニダイコン、大型ダイコン、ラディッシュ。
2. 大型ダイコン、大型ハクサイ、ラディッシュ。
3. 大型ダイコン、ミニハクサイ、ラディッシュ。
4. 大型ダイコン、ミニハクサイ、ラディッシュ。

【質問2】

1. 大型ダイコン、ミニハクサイ。
2. ミニダイコン、大型ハクサイ。
3. ミニダイコン、大型ハクサイ、キュウリ。

4. ミニダイコン、ミニハクサイ、ラディッシュ。

2番 502

【質問1】

1. 1号室。

2. 2号室。

3. 3号室。

4. 4号室。

【質問2】

1. 1号室。

2. 2号室。

3. 3号室。

4. 4号室。

3番 503

【質問1】

1. 新しくて静かな居酒屋。

2. 雰囲気のいい居酒屋。

3. おしゃれなレストラン。

4. 安くてたくさん食べられる雰囲気のいい店。

【質問2】

1. 個室がある新しい居酒屋。

2. 値段の安い居酒屋。

3. おしゃれな雰囲気の居酒屋。

4. 新しくできた、静かなレストラン。

4番 504

【質問1】

1. おへその周りが、男性は85センチ、女性は90センチ。

2. おへその周りが、男性は90センチ、女性は85センチ。

3. おへその周りが、男性は80センチ、女性は85センチ。

4. おへその周りが、男性は85センチ、女性は80センチ。

【質問2】

1. へそ周りのサイズ。

2. 運動不足。

3. お酒とタバコ。

4. 食生活。

5番 505

【質問1】

1. Aコース。

2. Bコース。

3. Cコース。

4. Dコース。

【質問2】

1. Aコース。

2. Bコース。

3. Cコース。

4. Dコース。

6番 506

【質問1】

1. 夫婦でトレーニングするため。

2. 体力をつけるため。

3. 体重をへらすため。

4. 年をとりたくないため。

【質問2】

1. ある程度の体力をつけたいため。

2. 自信があるため。

3. 夫婦でトレーニングするため。

4. 年をとるから。

7番 507

【質問1】

1. カンフー。

2. 太極拳。

3. 空手。

4. 映画スター。

【質問2】

1. 太極拳。

2. カンフー。

3. すもう。

4. 空手。

8番 508

【質問1】

1. 体の調子が悪い。

2. 勉強のしすぎ。

3. ゲームのしすぎ。

4. 食べすぎ。

質問2

1. 西洋医。

2. 針灸。

3. マッサージ。

4. 手術。

9番 509

【質問1】

1. おもしろいため。

2. わかりやすいため。

3. 絵があるため。

4. 気分転換のため。

【質問2】

1. 漫画を借りるため。

2. 恋愛小説を借りるため。

3. 漫画を返すため。

4.「西遊記」を借りるため。

10番 510

【質問1】

1. 日本映画を見ました。

2.「マトリックス」を見ました。

3. DVDを見ました。

4. 中国映画を見ました。

【質問2】

1. ハリウッド映画はリメークが多いですから。
2. ハリウッド映画はつまらないから。
3. ハリウッド映画はおもしろいから。
4. ハリウッド映画は音響効果がいいから。

11番 511

1. 彼が自立していないからです。
2. 彼の給料が安いからです。
3. かれがけちだからです。
4. かれが遊び好きだからです。

12番 512

1. 塀が低くて、留守にしない家です。
2. 塀が低くて、留守がちの家です。
3. 塀が高くて、留守にしない家です。
4. 塀が高くて、留守がちの家です。

13番 513

1. ヒヤリング。

2. 会話。

3. 会話の暗誦。

4. ヒヤリングの暗誦。

14番 514

1. 歩いてスーパーに行きます。

2. 女の人と一緒に歩いてスーパーに行きます。

3. 車でスーパーに行きます。

4. 女の人と一緒に車でスーパーに行きます。

15番 515

1. 選択科目の基礎日本語とヒヤリング。

2. 必修科目の会話と英語。

3. 基礎日本語とヒヤリングだけ。

4. 選択の会話と英語、および必修科目の基礎日本語とヒヤリング。

16番 516

1. ノートブックパソコン。

2. タブレットパソコン。

3. デスクトップパソコン 。

4. パソコンフェア 。

17番 517

1. 田舎の両親のこと 。

2. アルバイト探しのこと 。

3. 親孝行のこと 。

4. 英語か数学の勉強のこと 。

18番 518

1. クール便 。

2. 着払い 。

3. 現金払い 。

4. 船便 。

19番 519

1. 麓まで車に乗って、それから歩いて行く 。

2. 麓まで電車に乗って、それから登っていく 。

3. 麓までバスに乗って、それから電車を乗り継いでいく 。

4. 麓までバイクで、それから登っていく。

20番 520

1. 午前中のチケット。
2. 午後のチケット。
3. 夜のチケット。
4. キャンセル待ちのチケット。

シナリオ練習

秒速5センチメートル（2） 521

友達：遠野、部活行こうぜ。

貴樹：ああ。あのさ、俺今日ちょっと、部活だめなんだ。

友達：引っ越しの準備か？

貴樹：そんなとこ。悪いな。

明里：私の駅まで来てくれるのはとても助かるのですけれど、遠いのでどうか気をつけて来て下さい。約束の夜7時に、駅の待合室で待っています。

【トル】

貴樹：明里との約束の当日は、昼過ぎから雪になった。

明里：わ、貴樹くん。ネコ、チョビだ。

貴樹：こいつ、いつもここにいるね。

明里：でも今日は独りみたい。ミミはどうしたの？独りじゃ寂しいよね。

貴樹：あの本ほん、どう？

明里：なかなか。昨日一晩で40億年分読んじゃった。

貴樹：どの辺り？

明里：アノマロカリスが出てくる辺り。

二人：カンブリア紀？

明里：あたしハルキゲニアが好きだな。こんなの。

貴樹：まぁ、似てるかも。

明里：貴樹くんは何が？

貴樹：オパビニアかな。

明里：ああ、目が5つある人だよね。

貴樹：僕と明里は精神的にどこかよく似ていたと思う。僕が東京に転校してきた一年後に明里が同じクラスに転校してきた。まだ体が小さく病気がちだった僕らは、グラウンドよりは図書館が好きで、だから僕たちはごく自然に仲良くなり、そのせいでクラスメートから、からかわれることもあったけれど、でもお互いがいれば不思議にそういうことはあまり怖くはなかった。僕たちはいずれ同じ中学校に通い、この先もずっと一緒だと、どうしてだろう、そう思っていた。

恋空 101

弘君：美嘉、笑って。

美嘉：本当馬鹿だよ、弘。

弘、私のことが見えてるよね。

私はちゃんと生きてるでしょう。弘が届けてくれた幸せな時間は思い出になんかなってない。いつだって、弘すぐそばに感じてるんだよ。弘、私は今でも空に恋しています。そして、きっと、これからもずっと、永遠に…

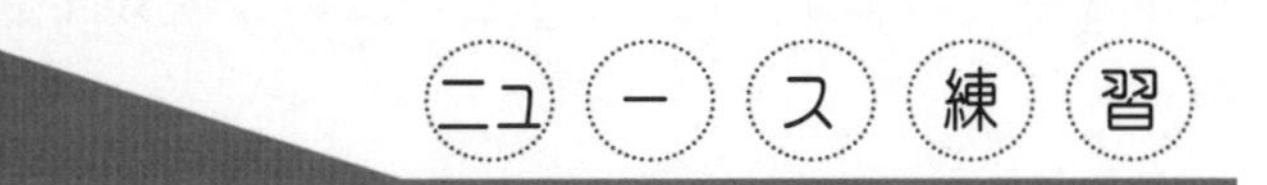

福島 検査を終え早場米初出荷 523

福島県では、放射性物質の検査で安全性に問題ないことが確認された早場米の出荷が始まりました。

福島県郡山市の農家、佐久間俊一さんの倉庫では、今日、県内で最も早く早場米の出荷が始まりました。倉庫では、130袋余りに詰められた合わせておよそ4トンの早場米「瑞穂黄金(みずほこがね)」が、卸売り業者のトラックに積み込まれていました。福島県は、収穫の時期が早い早場米について、県内すべての農家を対象に放射性物質の量を調べる独自の検査を行っています。検査では、これまで1か所で微量の放射性物質が検出されたものの、いずれも安全性に問題がないことが確認されていて、佐久間さんが収穫した早場米も放射性物質は検出されませんでした。

「まあっほっとしたことが事実です。ほんの一部なんで、これから大量に出てくるんで、そっちのほうがまだ不安が残っています、はい。」というのが佐久間さんの話しでした。

今日、出荷された早場米は、30日から地元のスーパーなどで販売されるということです。

——○　診療報酬0.004%引き上げへ　○—— 101

医療機関に支払われる診療報酬について、政府は、産科や小児科などの処遇改善に引き続き取り組む必要があるとして、来年度、引き上げることを決めました。引き上げ幅は診療報酬全体で0.004%です。

2年ごとに見直される診療報酬は、来年度改定されますが、厚生労働省が、医師の人件費など診療報酬の本体部分とともに、薬価・薬の価格も合わせた全体の引き上げを求めているのに対し、財務省は「物価や賃金が下がっているなかで、診療報酬を引き上げるのは、国民の理解が得られない」として引き下げるよう主張し、調整が続いていました。

そして、今夜、安住財務大臣と小宮山厚生労働大臣が、総理大臣官邸で藤村官房長官を交えて協議した結果、「民主党がマニフェストで約束したとおり、診療報酬を引き上げて、産科や小児科など過重な負担がかかっている診療科の処遇を改善することが必要だ」として、診療報酬全体で0.004%引き上げることを決めました。具体的には、医師の人件費などの本体部分は1.379%引き上げますが、薬価は1.375%引き下げられることになります。

「できることなら、プラスでももうちょっと引き上げられればよかったという希望はある。ただ、財務省が、医師の人件費などに当たる診療報酬の本体を引き下げるよう求めていたことを考えると、民主党の意向も踏まえて、こういう形で決着したことはよかったと思います。」

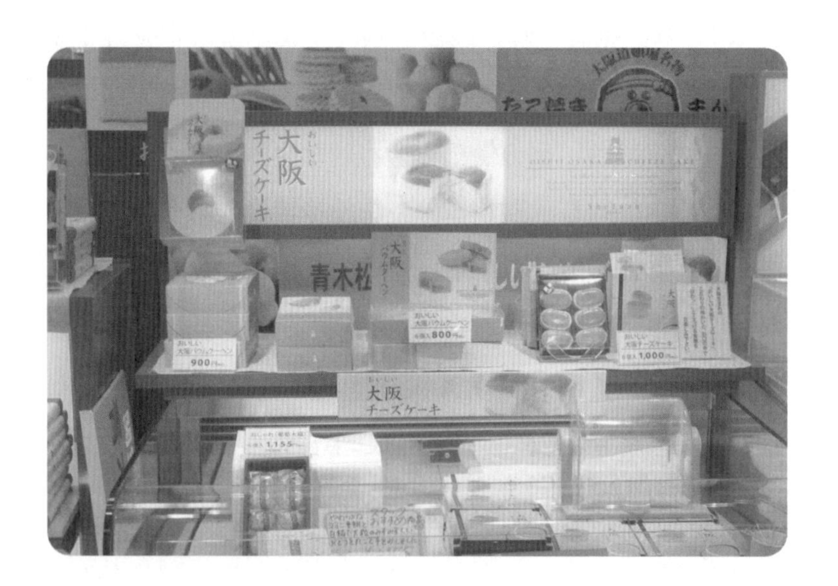

若者言葉

女：ねえ、田中さんのところの出産祝い、何がいいかしら？

男：そうだな。ベビー服とか無難じゃないか。なんといっても、使ってもらえるだろう。

女：なんだか月並みね。それより名前を入れた写真立てとか何か記念に残るものにしたらどうかしら。

男：写真立てねえ…あんまりぴんとこないけどな。女の子なんだし、レースのついたかわいい防止とか自分ではなかなか買わないものはどうだい？

女：かわいいけど、そういうものってたんすの肥やしよ。

男：そうか。じゃ、いっそのこと、デパートの商品券にすればどうだい？もらったらうれしいだろう。

女：そんなのお金を上げるみたいで嫌だな。

男：そうか。結局役に立つのを考えると無難なものが一番か。

女：そうね。

例2

女：もう文化祭の準備、できた？

男：うん、ほとんどできた。後は青いマジックと紙が足りないんだけど、僕が明日の朝、買って持って行くよ。

女：助かるわ。私は、領収書とおつり用の現金、持って行くんだったわね。

男：そうそう、頼むね。あ、みんなの様子を記録するもの、何か持って行った方がいいよね。

女：そうね、写真、取っておきたいもんね。

男：じゃあ、僕、持って行くよ。

例 3

男：このたびは大変ご迷惑をおかけして、誠に申し訳ございません。こちらが、お客様のご注文なさったうどんでございます。

女：わざわざありがとうございます。こちら、間違って送られてきたそばです。

男：いいえ、それはお客様がお召し上がりください。私どものミスですので。

女：いいんですか。

男：お詫びのしるしです。

女：…じゃ、お言葉に甘えて。実はこれもおいしそうだなと思ってたんです。

男：あ、そのメーカーのそばはおいしいですよ。今度、新しくラーメンも売り出しますし。

女：それもよさそうですね。じゃあ、次の配達で、1袋、お願いできる？

男：はい。毎度ありがとうございます。

スクリプト

第一章　課題理解

問題1　まず質問を聞いてください。それから話を聞いて、問題用紙の1から4の中から、最もよいものを一つ選んでください。

1番

昼休みに女と男が今夜の服装について話しています。男が着替えてくる服装はどれですか。

男：今夜のパーティーだけどさ、ジーンズにTシャツじゃまずいよな。

女：まずいにきまってるでしょ、そんなの。でも、どうしてそんなこと聞くの？

男：うん、シンポジウム終わったら、その晩から海に行くことになったんだよ、友達と。それで、ちょっとうちに帰って、このネクタイとスーツ着替えて行きたいんだよ。

女：そっか。じゃ、ジャケットだけ着てパーティーに行けば。

男：靴はスニーカーでもいいかな？

女：スニーカーに合う、パンツとジャケットなら、靴は革靴じゃなくてもいいんじゃないの。

男：そうだよね。じゃ、俺、ちょっと着替えて来る。

質問：男が着替えてくる服装はどれですか。

正解：2

2番

男の人が女の人に自分の国のおじぎについて説明しています。

このあと二人がするおじぎはどれですか。

男：日本でもお寺に行った時は、手を合わせておじぎをしますね。

女：ええ、もちろん。

男：わたしの国ではもっと丁寧におじぎをします。

女：へえー。どんなふうに？

男：まず、胸の前で両手を合わせるのは日本と同じですが、それから膝を折るんです。両膝を折ってひざまづきます。そしてあわせた両手をはなして両手と頭を床につけます。それから頭は床につけたままで、両手を裏返して手のひらを天井に向けて持ち上げるんです。

女：へー。おもしろそー。

男：ちょって一緒にやってみましょう。

女：ええ。

質問：このあと二人がするおじぎはどれですか。

正解：1

3番

男の人と女の人が話しています。

女の人は、このあと最初に何をしますか。

男：山田さん、ちょっと大急ぎで見積書をひとつ作ってほしいんだけど。

女：はい、でも私、今からちょっと郵便局に行かないといけないんです。それと、今日は伊藤商事の報告書も急ぐんですけど…

男：報告書はいつまでに出すの？

女：あしたのお昼です。

男：見積書は今日の5時までに出さないといけないんだよなあ。ごめん、こっち先にやってよ。郵便局には

他の人に行ってもらうようにするから。

女：わかりました。じゃ、報告書はあと2、30分で一段落しますから、それからかかるようにします。ただ、ちょっと銀行にも、私行かないといけないので、それからでもよろしいですか。

男：うん、とにかく5時までにできればいいから。

質問：女の人は、このあと最初に何をしますか。

正解：4

4番

クレジットカード会社の電話案内です。

クレジットカードが、あといくらまで使えるかを知りたいときは何番を押せばいいですか。

女：お電話ありがとうございます。ABCカードお客様センターです。音声案内に従って、電話機を操作してください。解約、紛失、盗難は1を。暗証番号の変更、照会は2を、分割払いのご相談は3を、次回お支払いの金額、ご利用可能額は4を、そのほかのお問い合わせでオペレーターとお話になりたい場合は5を。もう一度お聞きになる場合は8をご入力ください。

質問：クレジットカードがあといくらまで使えるかを知りたい時は、何番を押せばいいですか。

正解：4

5番

先生と学生が大学のキャンパスで話しています。
学生は、このあと何をしますか。

先生：あ、佐藤君。来月から始まる公開講座のことなんだけどね。どう？手伝ってくれる学生、集めてくれたかな？

学生：まだ、友達に声かけたくらいで、募集は始めていませんが。

先生：そろそろ始めないとね。チラシを作って配ったり、資料を作ったり、会場のセッティングもあるから、けっこう人手が要ると思うよ。

学生：はい。あしたからすぐ始めます。あの、チラシのほうは原稿ができていますので、先生にも見ていただきたいんです。

先生：あ、そう。じゃあ、後で研究室に持ってきて。

学生：はい、パソコンに入っていますので、プリントアウトしてすぐお持ちします。

先生：うん。じゃ、あとで。ボランティアの学生集める

方も、よろしく頼むね。
学生：はい、わかりました。

質問：学生は、このあと何をしますか。
正解：2

6番

会社で男の人と女の人が、セミナーの準備をしています。
男の人は何を運びますか。

女：田中さん、ちょっと。ここにあるものセミナールームに運ぶの、手伝ってくれない？わたし、まだ資料のコピーが終わってないのよ。
男：ここにあるのが資料じゃないの？
女：それだけじゃまだ足りないの？
男：そう。ずいぶんあるんだね。
女：そうなのよ。まだあと20部は必要なの。ま、とりあえず先にその資料と、それからペットボトルのお水、お願いします。
男：わかった。プロジェクターはいいの？
女：うん。それ、こわれてるから使わないことになったの。あと、そのワイヤレスマイクも、持って行って。

男：はーい。

質問：男の人は何を運びますか。

正解：2

7番

男の人と女の人が、デパートの宝石売り場でネックレスを見ています。

二人はどれを買いますか。

女：真珠のネックレスは、やっぱり素敵ね。

男：そうだね。これなんか、どうなの？シンプルで…ん？だめだ。6万円もするよ。

女：そうよ。一粒でも真珠は粒が大きいのは高いのよ。これ、どうかしら。これもシンプルでいいじゃないの。粒は3つだけど、小さいし。

男：どれどれ。えー！10万円！

女：冗談よ。大学の入学祝いなんだから、そんな高いの要らないわよ。若い子にはやっぱりこっちね。お値段も手ごろだし。

男：この丸い輪になったのは3万円かあ。

女：うん、それもいいんだけど、この横に並んだほうが安くても豪華な感じがするわね。さおりに似合うと

思うわよ。
男：うん、じゃあ、それにしよう。

質問：二人はどれを買いますか。
正解：4

8番

女友達が二人、電話で話しています。
引越しをする女の人が買ってきてほしいものはどれですか。

女1：もしもし、あやちゃん。引越し、もう始めた？
女2：うん、今、箱に荷物つめてるとこ。
女1：これからだね。何か、買ってくるもの、ある？
女2：うん。カッターを買って来てくれる？ハサミじゃ、あとで箱を開けるのがたいへんそうだから。
女1：ほかにガムテープとかは？
女2：それはだいじょうぶ。あとね、太い字が書けるマジックペン。どの箱に何が入ってるか、あとでわかんなくなりそうだから。
女1：オーケー。了解。田中君の車は来たの。
女2：まだなのよ、それが。電話しても出ないし。
女1：やっぱり酒飲みの男はダメねー。男のほうも引越したら。

女2：だめよー。それは。

質問：引越しをする女の人が買ってきてほしいものはどれですか。

正解：4

9番

男の人と女の人が電話で話しています。

女の人は、これから何をしなければなりませんか。

女：はい、九州工業です。

男：あ、坂井君。いまタクシーで研修センターに向かってるんだけど、例の書類できたかな。

女：はい、研修センターの会議室にとどければよろしいでしょうか。

男：いや、会議は3時からだから、その前に、内容をチェックしたいんだ。センターのとなりに静かな喫茶店があっただろう。あそこに持ってきてくれないかな。

女：はい、わかりました。「ラ・セーヌ」ですね。

男：そうそう。そこにいるから。それと、書類なんだけど、2部用意してくれるかな。

女：はい、もう用意してあります。

男：そうか。さすがだな。じゃ、よろしく頼むね。

質問：女の人は、これから何をしなければなりませんか。

正解：4

10番

女の人と男の人が話しています。

男の人は、まずどこへ行かなければなりませんか。

女：あなたー。ちょっと悪いけどスーパーに行ってきて。

男：うん、いいよ。

女：えーと。これが、買い物のリスト。それからスーパーの中のクリーニング屋にこのワイシャツ出してきて。

男：あ、このワイシャツ、明日、着たいんだけど、間に合うかな。

女：11時までに持っていけば、ちょっと料金は高くなるけど、夕方にはできるわよ。

男：今10時だから時間は十分間に合うね。じゃ、行ってくるよ。

女：あ、待って。今、財布にぜんぜんお金がないの。だから先に銀行にお金6万円おろしてからスーパーに行って、あと、帰りでいいから、ちょっと遠いんだけど、郵便局行って、この葉書お願いします。

男：えー、すごいいっぱい用事があるんだなあ。

質問：男の人はまずどこへ行かなければなりませんか。

正解：3

11番

息子と母親が話しています。

母親は何時に息子を迎えに行きますか。

母親：太郎、今日はいつもどおりに迎えにいけばいい。

息子：いや、今日は残業があるから、7時半にしてくれる？

母親：うん、分かった。1時間遅いのね。

息子：あっ、仕事のあと、みんなで飲みに行くことになってるんだ。11時に頼むよ。

母親：昨日から風邪を引いているのに、飲みに行っても大丈夫なの。

息子：そうだなあ、じゃやめとくかな。

母親：じゃあ、いつもと同じ時間ね。うん。

質問：母親は何時に息子を迎えに行きますか。

正解：1

12番

男の人と女の人が話しています。

二人は何の話題について話していますか。

女：来月からタクシー代が上がるらしいですよ。

男：ええ？公共料金もそんなにあがるの？

女：ええ、これじゃあ、ぜんぜんいけませんよね。

男：昇給ゼロだったし、ガソリン代は上がるし、高速代はバカにならないし。

女：お野菜だって、お肉だって…

男：それにレストランで食べるなんてできないよね。

女：これじゃあ、生活できないわよ。

男：何とかしてもらわなくっちゃね。

質問：二人は何の話題について話していますか。

正解：1

13番

男の人と女の人が話しています。
男の人はこれからどうしますか。

男：ちょっとお腹が痛いんだけど、何か薬をもってないかな。

女：大丈夫？家に帰ったほうがいいんじゃない？

男：うん、でも、まだ仕事が残っているから。報告書を作らなければならないし、会議の準備もしなくちゃならないから。

女：たいへんね。これ、いつも私が使ってるお薬よ。よかったら、どうぞ。

男：あ、ありがとう。

女：じゃ、お先に。

質問：男の人はこれからどうしますか。
正解：3

14番

男の人と女の人が旅行の準備をしています。
男の人と女の人は何を持っていきますか。

男：へえ、そんなに持っていくの。

女：だって、みんな要るんだもん。

男：雨具とズボンの着替えは要らないよ。

女：雨の確率95%なんだから、絶対必要よ。

男：雨か。じゃ、そのラジオはやめようよ。

女：これ？まあいいか。じゃあ置いていくわ。

男：そうしよう。

女：でもこれは絶対持っていくわよ。

男：そんな。ただ一泊なんだよ。

女：だってこれ読まないと夜眠れないもん。

男：しようがないなあ、重いのに…

質問：男の人と女の人は何を持っていきますか。

正解：2

15番

男子学生は奨学金について学生係と話をしています。

学生はこれからどうしますか。

男：すみません…

女：はい、何でしょうか。

男：豊田財団の奨学金を申し込みたいんですが、どうすればよろしいですか。

女：豊田財団の奨学金ですね。

男：はい。

女：ええと、申込書と推薦状と成績証明書が必要です。成績証明書はこちらの事務所からだしますが、推薦状を指導教授にお願いしてください。来週の月曜日までにこちらへ持って来てください。

男：はい、分かりました。来週の月曜日までですか。

女：はい。じゃあ、今この申込書だけ書いてもらって、それから、指導教授から印鑑をもらって来てください。

男：はい、分かりました。ありがとうございます。

質問：学生はこれからどうしますか。

正解：1

16番

男の人と女の人が話しています。男の人は帰りの電車の中でどうしていますか。

女：朝、電車の中での時間って、けっこう長いよね。わたしは本を読んだり、音楽を聞いたりしていますけど…

男：いいですね。こちらの電車は朝は混んでいるから、ただ立っているだけですよ。もっとも帰りは座れま

すから、本を開いたりはしますが、すぐ眠ってしまいます。音楽を聞きながら眠っていることもありますよ。

質問：男の人は帰りの電車の中でどうしていますか。

正解：1

17番

男の人と女の人が話しています。男の人はこれからどうしますか。

女：今夜、飲み会があるんでしたね。会社へ車で行くの？

男：どうしようかと思って、電車が混むしな…

女：だって、お酒出るでしょう。

男：お酒がない飲み会はないからな。

女：飲んだら乗るなと言うでしょう？

男：分かった、置いていくよ。

質問：男の人はこれからどうしますか。

正解：3

18番

男の人と女の人が話しています。男の人は友だちのことをどう言っていますか。

女：話変わるけど、あなたの友だちの山下さん、先月からうちの会社に来てるんだけど、今日で4日連続遅刻なのよ。どういう人なのよ。

男：あ、山下か、彼ならやりかねないよ。なにしろ、毎晩酒なしではいられないんだから。

女：そうなの。

質問：男の人は友だちのことをどう言っていますか。

正解：2

19番

男の人と女の人が電話で話しています。男の人は事故の時、どうしましたか。

女：もしもし、あっ、部長ですか。たいへんな事故だったそうで、お怪我はありませんでしたか。みんな心配していました。

男：ありがとう、心配かけたね。怪我はなかったけど、怪我をしている人を見たら、気分が悪くなっちゃっ

てね。会社へ連絡と思ったけど、できなかったんだよ。タクシーに乗ろうとしたけど、これもなくてね。やっと落ち着いたから、これから会社へ行くよ。

質問：男の人は事故の時、どうしましたか。

正解：4

20番

男の人と女の人が話しています。この下着は何でできていますか。

女：この下着、何でできてると思う。

男：軽そうだね、絹かな。

女：そんな高いものじゃないのよ。

男：安いんじゃ、何か人工的なものかな。

女：もっと安いのよ。汚れたら捨ててもいいみたいなのよ。

男：えっ、まさか紙じゃないだろうか。

女：へえーっ、木綿かと思ったけど、違うんだ。びっくりしたな。

質問：この下着は何でできていますか。

正解：3

第二章　ポイント理解

問題2　まず質問を聞いてください。そのあと、問題用紙の選択肢を読んでください。読む時間があります。それから話を聞いて、問題用紙の1から4の中から、最もよいものを一つ選んでください。

1番

先生が、インフルエンザの予防について話しています。先生が、特に大事だと言っているのは何ですか。

男の先生：今、はやっている新型のインフルエンザですが、学校全体がお休みになったところも出ていますので、みなさんもバスや電車に乗って出かけるときは、注意してください。もう、みんなわかっているとおもいますが、出かけるときはマスクをしたり、外から帰ったら、よくうがいをすること。で、それも大事ですが、特に手についたウィルスはなかなか死なないそうです。ですから、うちに帰ったら手をよく洗ってできるだけ薬で消毒してください。出かけるときに手袋をしていても同じです。うちに帰って、手袋をとって、その手袋に触ってしまえば同じことですから。

質問：先生が、特に大事だと言っているのは何ですか。
正解：4

2番

会社で女の人と男の人が話しています。
男の人は、どうして部長に怒られましたか。

男：きのう、部長に怒られちゃったよ。

女：えー？あのやさしい部長が怒るなんて、めずらしいわね。

男：大事な書類の入ったカバンを、電車の中に忘れちゃってね。

女：見つからなかったの？

男：うん。駅の人にいろいろ調べてもらったんだけど、結局、見つからなくて。

女：書類をなくしたんじゃ、怒られても仕方ないわね。

男：いや、部長が怒ったのは、そのことじゃないんだ。そういうミスはだれにでもあることだからって。

女：どういうこと？

男：「どうして、すぐに会社に連絡しなかったんだ」って。ぼくは、みつかるかもしれないと思って、後回しにしちゃったんだ。

女：そう。それはまずかったわね。

質問：男の人は、どうして部長に怒られましたか。

正解：1

3番

空港のアナウンスです。伊藤あやさんは今どこにいますか。

アナウンサー：お客様のお呼び出しを申し上げます。日本航空105便にて中国へご出発の王中華様、日本航空105便にて中国へご出発の王中華さま、いらっしゃいましたら5階出発ロビーの案内カウンターまでお越しくださいませ。お連れ様の伊藤あや様がお待ちです。引き続きお客様のお呼び出しを申し上げます。韓国航空307便にてソウルへご出発の山中みき様、4階出発ロビー、Aカウンターの20番までお越しくださいませ。

質問：伊藤あやさんは今どこにいますか。
正解：2

4番

女の人が「韓国人の好きな食べ物」について話しています。
女の人は、韓国全体では、何が一番だったと言っていますか。

女：えー、これは「韓国人の好きな食べ物」について調べた結果です。「肉と野菜と魚の三つのうち、どれが一番好きですか」という質問に、三つのうちから一つだけ選んで答えてもらうという調査だったんですが、まず、地域別で見ますと、肉が好きな人が40パーセントに達するところ、魚が好きな人が40パーセントに達するところというふうに地域によって好みが分かれましたが、韓国全体では、魚と野菜がそれぞれ30パーセント台で、意外だったのは、野菜が2位だったこと、そして肉が好きな人は28パーセントにとどまったことでした。

質問：女の人は、韓国全体では、何が一番だったと言っていますか。

正解：3

5番

母親と男の子が話しています。

男の子は、どうしてご飯を食べたくないのですか。

母：え？どうしてごはん食べないの？先生に怒られたの？それとも具合でも悪いの？

息子：そんなんじゃないよ。熱もないし、どこも悪くないから心配しないでよ。ただ…

母：ただ、どうしたの？

息子：今日学校でね、友だちから、交通事故で死んだ人の話、聞いたんだ。

母：あら。

息子：友だちは現場を見たんだって。それでぼくも気持ち悪くなっちゃって…

母：そうだったの。

質問：男の子は、どうしてご飯を食べたくないのですか。

正解：4

6番

男の人と女の人が話しています。

女の人は、どうして喜んでいますか。

男：うれしそうだね。なんかいいことあったんだ。

女：えっ、わかる？

男：宝くじ当たったんだ。

女：何言ってんの。そんなわけないでしょ。

男：じゃ、どうしたの。お金をひろったとか、親戚のおじさんにおこづかいもらったとか。

女：なんで、そんなお金のことばっかり言うのよ。

男：じゃ、あれか。恋人ができた。

女：違うよ。あのね。インターネットで本の注文をしたの。そうしたら、ポイントがたまってて1冊の値段で、3冊できたのよ。それで、なんか得した気分なの。

男：ほら、やっぱりお金が関係してたじゃないかあ。

質問：女の人は、どうして喜んでいますか。

正解：1

7番

男の人が話しています。

男の人は、友だち作りが上手な子供は、なんの影響を受けていると言っていますか。

男：昔から？「人を見たら泥棒だと思え」という言葉があります。現在では、「人を見たら、走って逃げろ。」と言ったほうがいいかもしれないぐらい、現実の社会は冷たく厳しいものになってしまっているようです。いつ、誰に何をされるかわからないと感じている大人たちが増えているために、その影響を受けて、今の子供たちは、友だちづくりが苦手になってしまっているようです。もちろん中には、友だちづくりがとても上手な子供もいます。やさしくて、周りによく気を使う子です。実は、彼らの周りには、かならずそのような大人たちがいます。彼らは、その大人たちから友だちづくりを学んでいるのです。我々大人はそのことを忘れてはいけないと思うのです。

質問：男の人は友だち作りが上手な子供は、なんの影響を受けていると言っていますか。

正解：2

8番

女の学生と男の学生が、佐藤君のことを話しています。佐藤君はどうして先生にほめられたのですか。

女：きのう、佐藤君、先生にほめられたんだよ。

男：優等生だもんな、佐藤君は。

女：うん。宿題のノートを忘れたの。

男：どうして、なんでそれでほめられるわけ？

女：友だちに宿題のノートを貸したんだけどね、きのう、その子が学校休んじゃって。でも、佐藤君はそれを黙ってたのよ。先生は、でも、なんとなく教師のカンでそれがわかったから、人のせいにしないのは偉いって、ほめたのよ。佐藤君、すてきよねー。

男：でも、ノートを貸したりするのは、よくないよ。

女：うん、そのことは先生にも注意されたんだけどね。

質問：佐藤君はどうして先生にほめられたのですか。

正解：4

9番

女の人と男の人がペットボトル入りの飲料水について話しています。

男の人が、水を変えた理由はなんですか。

女：それって、酸素が入ってる水でしょう？

男：そうそう。今度はこれに変えたんだ。

女：頭がすっきりするとか、健康にいいとか宣伝しているようだけど、ほんとうなの？

男：そんな感じもするけど、いいんだよ。薬じゃないんだから。

女：でも、ちょっと高いと思わない？ただの水だよ。

男：僕はそうは思わないな。水にもいろんな味があるし、ジュースとかコーラより、僕は水のほうが好きだよ。でも、いつも同じのを飲んでると、飽きるんだよね。時々変化がほしくなる。

女：ふーん、そうだったんだ。だから、新しいのが出るとすぐ買うんだね。

質問：男の人が、水を変えた理由はなんですか。

正解：1

10番

男の人がドレッシングの作り方を説明しています。

男の人がオリーブオイルを使う理由は何ですか。

男：今日は、低カロリーの和風ドレッシングの作り方を

ご紹介します。まず、ベースになるのはお醤油ですね。大さじ3杯。そしてお酢を大さじ1杯。それからお砂糖は小さじ1杯。これにしおとこしょうを加えてよく混ぜます。そうして、ここにオリーブオイルを使います。オリーブオイルは香りが非常に豊かで、少量でも満足感が得られます。大さじ1杯だけ加えます。普通、市販のドレッシングは油とそれ以外の液体の割合が1対1ぐらいですけど、このように自分で作ると油を少なくしてカロリーをおさえることができますよね。はい、出来上がりです。油の少ない低カロリー和風ドレッシングです。

質問：男の人がオリーブオイルを使う理由は何ですか。

正解：3

11番

女の人が今日の天気について話しています。

九州地方の今日のお天気はどうですか。

女：それでは、今日のお天気です。日中は日差しもありますが、天気は変わりやすいでしょう。昼過ぎには各地で雨が降る見込みです。ところによっては雷が鳴るかもしれません。今日は天気の変化に注意してください。では、天気の移り変わりをみてみましょう。今日の日中は広い範囲で晴れる予想ですが、午前中から関西地方では雨のところがありそうです。午後になるとこの雨の降りやすいエリアは九州地方にも広がってきます。夕方以降は福岡を中心に雨や雷雨になりそうです。

質問：九州地方の今日のお天気はどうですか。

正解：3

12番

女の人と男の人がサービスエリアの車の中で話しています。

男の人の携帯電話はどこにありましたか。

男：さーて、それでは出発するか。あれ？ケータイどこ行ったんだ。さっきの店に置いてきたのか。

女：もー！すぐ忘れてくるんだから。でも、さっきコーヒー飲む時、ケータイ使ってなかったよ、あなた。

男：そうだよね、どっかに落としたのかな。ちょっとかけてみてよ、僕のケータイに。

女：いいわよ。

男：あ、鳴ってる。え、どこだ？車の中だけど。

女：あーあ、もう、耳も悪いんだから。ほら、ちょっと腰を上げてみなさいよ。

男：なーんだ、こんなとこに。

女：わあ、くさーい。

男：うるさーい。そっか、さっき車から降りるときポケットから滑り落ちたんだ。

質問：男の人の携帯電話はどこにありましたか。

正解：1

13番

女の人と男の人が、キャンパスの建物について話しています。

図書館の隣の建物は何ですか。

男：きれいなキャンパスですね。

女：はい、校庭が広くて、木もたくさんありますよ。

男：あの白い建物は何ですか。

女：ああ、あれは図書館です。

男：図書館の隣のビルは何ですか。

女：あの建物は国際文化交流センターです。

男：あ、そう、りっぱな建物ですね。

質問：図書館の隣の建物は何ですか。

正解：4

14番

女の学生と男の先生は入学の手続きのしかたについて話しています。

これから女の学生は何をしますか。

女：はじめまして、伊藤です。どうぞよろしくお願いします。

男：はじめまして。

女：先生、これは私の入学届けです。入学手続きをしたいんですが…

男：はい、まず学費と教科書代を払ってください。その後、学籍を登録してください。

女：はい、わかりました。どうもありがとうございます。

質問：これから女の学生は何をしますか。

正解：2

15番

女の人と男の人は、レストランで料理について話しています。

女の人は何の料理を選びましたか。

男：にぎやかで、中華料理店らしいふんいきですね。

女：そうですね。みんな話をしながら食べていますからね。

男：何にしますか。肉料理、海鮮料理、野菜料理などいろいろありますよ。

女：サラダを一つ、焼き魚を一つください。

男：それからマーボ豆腐を一つ、春巻をください。酒井さん、まだ何か食べたいですか。

女：これだけあれば十分ですよ。中華料理って、量が多いから。

男：主食は？

女：チャーハンはどうですか。

男：私も好きですよ。

女：じゃ、チャーハンを二人前ください。

質問：女の人は何の料理を選びましたか。

正解：4

16番

女の人がインタビューに答えています。女の人が今、困っていることは、何ですか。

男：働く女性として、何が一番の問題点ですか。

女：やはり子供のことですね。小さい子供が3人いるんですが、わたしの場合、休日出勤が多いものですから、土曜や日曜に安心して子供を預けられる所があるといいんですが…

男：ご両親のところは？

女：いつも実家の両親を当てにすることはできませんし…

男：ご主人も休日ご出勤があるんですか。

女：けっこうあるんです。夫も仕事に迫られていますし、それでご近所の奥さんに頼んだこともあるんですが、下の子が怪我をしてしまいまして…預けにくくなってしまいました。

質問：女の人が今困っていることは何ですか。

正解：1

17番

男の人と女の人が話しています。この地方の酒はどうしておいしいのですか。

女：この地方のお酒がおいしいのは、お米や伝統的技術のせいでしょうか。

男：そうですね。でも技術が進んで、どこでも同じ米が作れるようになりました。酒作りもデジタル化され、誰でも酒が作れるようになりましたからね。

女：では、この地方の気候がお酒に合っているということでしょうか。

男：それも、温度をボタン一つで管理できるようになっていますから…おいしい酒に欠かせない、きれいな水が豊富なんですよ。豊かな森林に囲まれている地形が重要ですね。

質問：この地方の酒はどうしておいしいのですか。

正解：4

18番

男の人と女の人が話しています。女の人は今度の社長をどうだと言っていますか。

男：社長が、新しくなったんだって。今度の社長はどう？

女：本社から来たんだけど、けっこうな年なのよ。なんていうか、まあ、よく言えば、おおらか、悪く言えば、おおまかというところかな。

男：じゃ、楽でいいじゃない。ばりばりやる上司より。

女：楽は楽だけど、ちょっと物足りないのよ。

質問：女の人は今度の社長をどうだと言っていますか。

正解：1

19番

男の人と女の人が話しています。二人は犬をどうしますか。

男：今度のアパート、ペット飼えないんだよね。愛ちゃんどうする？

女：どうしようかしら、箱に入れて遠くへ置いてくる人もいるけど…

男：それもね…だれか、犬の好きな、友だちがいるといいけどね…

女：あ、一人いるわ。彼女にもらってもらおう。

男：よかったね。愛ちゃん。

質問：二人は犬をどうしますか。

正解：1

20番

男の人と女の人が話しています。男の人はいつ山口さんに電話しますか。

男：もしもし、坂井だけど、山口さんと連絡とりたいんだけど、会社の電話番号分かる？

女：わかるけど、彼女結婚するので、会社辞めたのよ。だから家にいるわよ。ただいろいろ用があって外出することも多いから、自宅に電話するなら、朝か夕方がいいみたい。後は携帯ね。

男：そうだったの。夕方は会社が遅いし、朝のうちにしてみるよ。

女：でも、いま彼女朝寝坊だから…

男：そうか。昼間はいないんだよね。じゃ。

質問：男の人はいつ山口さんに電話しますか。

正解：4

第三章　概要理解

問題3　問題用紙に何も印刷されていません。この問題は、全体としてどんな内容かを聞く問題です。話の前に質問はありません。まず話を聞いてください。それから、質問と選択肢を聞いて、1から4の中から、最もよいものを一つ選んでください。

1番

政治集会で男の人が演説をしています。

男：新党は、来年から子供1人に対して月2万円の手当を出す「子供手当」を提案していますが、私はこれには賛成できません。収入が増えて助かると思う人もいるかもしれませんが、それは一時的なことです。新党は3年後には消費税を上げようと考えていて、もし消費税が上がったら、確実に月2万円以上、各家庭の負担が増えるからです。われわれ共産党は、消費税を上げることを断固として反対します。まずは税金の無駄遣いをやめることから、始めるべきだと考えます。

質問：男の人はどう考えていますか。

1.「子供手当」にも、消費税を上げることにも賛成。

2.「子供手当」にも、消費税を上げることにも反対。

3.「子供手当」には賛成、消費税を上げることには反対。

4.「子供手当」には反対、消費税を上げることには賛成。

正解：2

2番

テレビの番組で、女の人が新しく公開される映画について話しています。

女：さあー、いよいよ『ダヴィンチモード』が来週、韓国でも公開されます。主演はあのロバートベッカム。監督もロバートベッカム。そうなんです。ベッカム初めての監督作品なんです。これだけでも、この映画、見る価値がありますよね。そしてヒロイン役は、話題の新人マリリンヘップバーン。この映画、きっと彼女の代表作になると思いますよ。彼女のすばらしい演技はアカデミー賞ものです。でも、この映画、魅力は俳優だけではありません。なんといっても注目は映画のラスト。最後の最後にたいへんな秘密が…ああ、もうこれ以上はお話できません。あなたもお近くの劇場で、ぜひ、ご覧ください。

質問：女の人は映画の何について話していますか。

1. 注目すべき点や見どころ。

2. アカデミー賞の可能性。

3. 俳優の魅力。

4. ストーリー。

正解：1

3番

男の人が、テレビの番組について話しています。

男：先日中国から日本へ戻ってきて、気がついたことがあります。中国に、半年間住んでいたんですが、あちらのテレビでは、非常に討論番組が盛んで、毎晩のように出演者が、ああでもないこうでもないと議論しています。議論をするのが好きなんですね。ところが日本へ帰ってきて、一週間テレビを見ていても、ほとんど議論らしい議論は見当たらない。代わりに目につくのがお笑い番組の多さです。どのチャンネルに変えても「アハハハ…」と笑っている。中国にも、お笑いはありますが、目立たない。これもお国柄なんでしょうね。

質問：男の人は、どんなことについて気がつきましたか。

1. 日本でも中国でも、討論番組が多いこと。
2. 日本でも中国でも、お笑い番組が多いこと。
3. 中国では討論番組が、日本ではお笑い番組が少ないこと。
4. 中国ではお笑い番組が、日本では討論番組が少ないこと。

正解：4

4番

百貨店の家具の売り場で女の店員が話しています。

女：こちらの鏡をちょっとご覧ください。よく玄関や寝室に置いてある全身を映す鏡ですが、大きな地震のときなどに、倒れて割れてしまうとたいへん危険です。実際に地震が起きた地域では、そのようなケガが発生しています。そこで、こちらの鏡なんですが、軽くてしっかりした高品質のプラスチック素材ですので、地震などで倒れても、ガラスの鏡のように割れて人が怪我をする心配はありません。お値段の方はガラスの鏡よりちょっと高めになりますが、本日はこちらの特別価格でご奉仕いたしております。

質問：店員は、何について説明していますか。

1. プラスチックの鏡の安全性。

2. プラスチックの鏡の経済性。

3. ガラスの鏡の安全性。

4. ガラスの鏡の経済性。

正解：1

5番

授業で先生が、「読書に関する調査」の結果を話しています。

男：最近は本を読む人が少なくなったと言われますが、実際はどうなのでしょうか。10代後半から60代までの方を対象に調査したところ、全体の約半数にあたる、46パーセントの人が1カ月に1、2冊も本を読んでいないことがわかりました。一方、1カ月に1、2冊は本を読むという人が36パーセント。3、4冊読むが10パーセント。5、6冊、そして7冊以上読むという人は、それぞれ4パーセントでした。今回の調査では雑誌や漫画はふくまれませんでしたが、10年前に比べると、まったく本を読まないという人が10パーセントも増えていることが分かりました。

質問：これは、読書のなんについての調査ですか。

1. 読書の理由。

2. 読書の種類。

3. 読書の方法。

4. 読書の量。

正解：4

6番

女の人が話しています。

女：みなさんの中には、子供がペットを飼うことにはあまり賛成できないという方がいらっしゃると思います。相手は生き物ですから、ちゃんと世話をしないと死んでしまいます。だから、だめだというのもわかります。しかし、私は同じ理由から、ぜひ子供たちに生き物を飼って、育ててほしいと思うのです。世話がたいへんだからといって、なまけていたら、ペットは病気になったり、死んでしまったりします。上手に育てても、年をとれば死んでしまいます。そして、死んでしまったものは、もう戻っては来ません。ペットを通して、そういう命というものについて学ぶことはとても大切なことだと私は思うのです。

質問：女の人は、子供がペットを飼うことについて、どう考えていますか。

1. どちらかと言えば賛成だ。
2. どちらかといえば反対だ。
3. 積極的に賛成だ。
4. 積極的に反対だ。

正解：3

7番

スポーツ選手が、マラソンについて話しています。

男：マラソンは、走った経験がない人が見ると、長い距離を2時間も3時間もかけて、ただ走るだけの競技に見えるかもしれませんが、ぼくは2時間のドラマだと考えています。選手は、最初から最後まで、そのドラマの主役になれる。それが最大の魅力ですね。もう選手みんなが主役ですから、その心理的な戦いがいろいろあるんです。集団のどの位置で走るか、どこでスピードを上げるかなど、非常に難しいです。難しいだけに、成功すると、たまらないんです。

質問：男の人は、何について話していますか。

1. マラソンの大切さ。
2. マラソンの大変さ。
3. マラソンのおもしろさ。
4. マラソンのむずかしさ。

正解：3

8番

女の人が市民講座で講演をしています。

女：朝食を食べる子供が年々減っていますが、これが学力にも影響するという調査結果がこのたび明らかになりました。朝食をきちんと毎朝食べる子は、食べない子に比べ、学力テストの平均点が5点高いことが分かりました。また、睡眠時間と学力の関係も調べたところ、毎日8時間以上寝る子と6時間以下の子では、長い子のほうが平均点が10点高いことがわかりました。夜遅くまで勉強している子のほうが学力が高いように思いますが、必ずしもそうとは言えないようです。

質問：学力が高い子供はどうだ、と言っていますか。

1. 朝食を毎朝食べず、睡眠時間も短い。
2. 朝食を毎朝食べず、睡眠時間は長い。

3. 朝食を毎朝食べて、睡眠時間は短い。

4. 朝食を毎朝食べて、睡眠時間も長い。

正解：4

9番

男の人が、お掃除用のロボットについて話しています。

男：このまるくて薄い円盤のようなものが、お掃除用のロボットなんですが、床の上に置いてスイッチを入れるだけで、自分で動いて床の上のゴミをきれいに吸い取ってくれます。とはいっても、やはり壁ぎわや、部屋のすみの部分はどうしてもゴミが残ってしまいます。大きなゴミや家具があると、動けなくなるので、最初に人が片付けなければならないのも、ちょっとめんどうです。また、けっして静かでもありません。それでこのお値段ですから、これはまだまだ改良の余地があるんじゃないでしょうか。

質問：男の人は、何について話していますか。

1. お掃除ロボットの使い方。

2. お掃除ロボットの値段。

3. お掃除ロボットの短所。

4. お掃除ロボットの長所。

正解：3

10番

男の人が電気自動車について話しています。

男：ガソリンで走る自動車がガソリンを入れなければならないように、電気自動車は、電気がなくなれば充電しなければなりません。これまでは、その充電に時間がかかるのが欠点だったわけですが、今年に入って、政府と自動車メーカーは、電気自動車に積んである電池そのものを交換する仕組みの開発に乗り出しました。これは、電池がなくなってきたら、ガソリンスタンドの代わりに、「電池スタンド」へ行って、新しい電池と交換するというシステムで、これだと充電に時間はかかりませんから、電気自動車がいっそう便利になると期待されています。

質問：男の人は、電気自動車の何について話していますか。

1. 電池を充電する時間。
2. 新しい充電システム。
3. 電池を充電する場所。
4. 新しい電池の価格。

正解：2

11番

女の人が、アルバイト探しについて話しています。

女：日本でも、中国でも、大学生がアルバイトをするのはごく普通のことです。アルバイトで大学生は小遣いなどももらえるし、社会人と接して、社会勉強をして視野を広げ、いろいろとためになります。アルバイトはいろいろありますが、そのなかで、通訳や家庭教師などのアルバイトは多いです。家庭教師の求人情報は日本でも中国でもほとんど大学で提供されています。このようなアルバイトは、仕事を通じていろいろ知識を学ぶことができます。しかし、あまりアルバイトをしすぎると、体や勉強に悪影響を与えます。

質問：女の人は、アルバイトの何について話していますか。

1. 日本の大学生のアルバイトのメリット。
2. 中国の大学生のアルバイトのメリット。
3. アルバイトの悪影響。
4. 日本・中国両国のアルバイトのメリット。

正解：4

12番

男の人が、日本の学校の休みについて話しています。

男：日本の教育機関の学年は毎年の4月から翌年の3月までで、大学では、前期と後期に分かれています。休みが学校によって違いますが、大体、一年間には三回の休みがあります。通常夏休みは7月の上旬から8月の下旬まで、冬休みは12月下旬から1月上旬までで、春休みは3月の下旬から4月初旬までです。日本の大学生の休みの過ごし方はさまざまですが、旅行に行く人も多いです。お金があると海外旅行、なければ国内旅行に友だちと出かけます。またアルバイトなどをします。しかし、三年生の夏休みと四年生の夏休みには就職活動をしたり、車の免許を取ったりします。

質問：男の人は、日本の学校の休みの何について話していますか。

1. 休みの海外旅行のこと。

2. 休みの国内旅行のこと。

3. 休みの就職活動のこと。

4. 休みの過ごし方のこと。

正解：4

13番

女の人が、「糖尿病」について話しています。

女：あの、日本ほど検診がきちんとなされていて、早期に軽い時期に、糖尿病がみつかるほうが多い国は他にはないんですね。日本ほどきちんとドックがなされている国がないんです。ところが、せっかく糖尿病が早期にみつかっていても、症状はまったくございません。痛くも痒くもありません。そして、目や腎臓の障害も十年、二十年のことです。そうなりますと、せっかく見つかった糖尿病を放置してしまう、「糖尿病放置病」と私どもは言っていますけどれも、糖尿病を無視してしまう方がとても多いんですね。ですから、多くの方々がドックの結果や検診の結果をもっと重視していただきたい。

質問：女の人は糖尿病の何について話していますか。

1. 糖尿病の早期の検診結果への無視。

2. 糖尿病の予防。

3. 糖尿病の検診。

4. 糖尿病の見つかり方。

正解：1

14番

男の人が、日本の住宅について話しています。

男：日本の住宅は夏向きのものが多いのです。それは、本州から九州までの大部分の地域では、夏は高温多湿の日が多くて、風通しのいい家屋が好まれるからです。また、この夏向きの住宅は、木造が中心で、特に地震の多い日本の生活に向いています。しかし、洋式生活の普及にともない、鉄筋コンクリートで出来たマンションが登場して、大都会では、高層ビルが林立するようになっています。新しいマンションに押され、旧式の木造アパートは減少する一方ですが、やはり、旧式の木造家屋の畳での生活が快適であるという意見も多いようです。

質問：男の人は日本人の住宅の何について話していますか。

1. 日本の住宅の夏向き。

2. 日本の住宅の特徴。

3. 日本の洋式の住宅の長所。

4. 日本の旧式の住宅の短所。

正解：2

15番

女の人が、日本の映画について話しています。

女：映画といえば「ハリウッド」ですが、最近では日本映画も高い評価を受けるようになりました。アカデミー賞や、カンヌ、ベルリン、モスクワ映画祭で賞を獲得したものもあります。また最近は、外国との共同制作も増えており、数ヶ月間の猛特訓を受けた俳優が流暢に外国語を使って演じています。しかし、一方では、過激な暴力シーンなどが問題になっており、漫画などと同様にその影響力が取り出されています。

質問：女の人は日本の映画の何について話していますか。

1. 日本の映画の問題。
2. 日本の映画の評価の高さ。
3. 日本の俳優の問題。
4. 日本の映画と外国映画の共同制作の問題。

正解：2

16番

男の人が面接のときの服装について話しています。

男：面接の時のスタイルですが、そうですね。普段着でもかまわないという会社もあるようですが、やはり新人さんの緊張感を服装で見せたほうがいいでしょう。ジーンズではなくスーツ、運動靴ではなく革靴、これが基本でしょう。ネクタイは派手じゃないことがポイントです。

質問：男の人は面接の服装について、どういうスタイルがいいと言っていますか。

1. 普段着を着たほうがいいです。
2. ジーンズ、運動靴を着たほうがいいです。
3. 運動靴、スーツ、派手なネクタイを着たほうがいいです。
4. スーツ、革靴、地味なネクタイを着たほうがいいです。

正解：4

17番

女の人が掛け時計について話しています。

女：昔は、掛け時計といいますと、縦長で、文字盤が丸く、下に振り子がついていて、柱に掛けるというタイプでした。近年は電池で動くようになり、形も自由で、軽量化し、壁に掛けられるようになりました。丸いタイプもありますし、四角はもちろん三角形のもたまに見かけます。だいたいの傾向ですが、洋間は丸型、和室は角型となっています。

質問：いま和室でよく使われる掛け時計はどの型ですか。

1. 縦長で、文字盤が丸い型。
2. 丸型。
3. 三角形の型。
4. 角型。

正解：4

18番

男の人が事故について話しています。

男：今回の事故につきましては、会社は責任が誰にあるかを調べることを急ぐあまり、原因がどこにあったかを調べなかったのです。

質問：男の人は事故についてどう言っていますか。

1. 会社は責任者は調べましたが、原因は調べませんでした。

2. 会社は責任者と原因を同時に調べました。
3. 会社は原因は何かを調べました。
4. 会社は責任者は誰かを調べませんでした。

正解：1

19番

女の人がパソコンと目の疲れについて話しています。

女：近頃、パソコンで目が疲れるという人が多いのです。まず部屋を暗くしてはいけません。暗いほうが見やすい人もいますが、いけません。それから乾燥がよくありません。目が乾いた感じがしたら、しばらく目をつぶって、休んでください。姿勢も大事ですよ。正しくない姿勢は疲れますよ。

質問：女の人はどうすればいいと言っていますか。

1. 部屋を明るくし、楽な姿勢で集中してします。
2. 部屋を暗くし、楽な姿勢で集中してします。
3. 部屋を明るくし、正しい姿勢で休みながらします。
4. 部屋を暗くし、正しい姿勢で休みながらします。

正解：3

20番

男の人が恋人について話しています。

男：ぼくの恋人は28歳ですが、笑うと23歳に見えます。だいたいの女性と逆で化粧をすると、32歳に見えることがあります。化粧をしない素顔だと20に見えることが多いです。

でも考え事をしていると、とても老けた印象になります。考え事が似合わない人です。

質問：彼女はどういう時が一番若く見えますか。

1. 考えているときです。
2. 素顔の時です。
3. 化粧をしている時です。
4. 笑っている時です。

正解：2

第四章　即時應答

問題4　問題用紙に何も印刷されていません。まず文を聞いてください。それから、それに対する返事を聞いて、1から3の中から、最もよいものを一つ選んでください。

1番

女：名前だけしかわからないんですが、どの会社に勤めているか調べてもらえませんか。

男：1. なかなかうまくいきませんね。

2. それじゃ、調べるわけですね。

3. 名前だけでは調べようがありませんね。

正解：3

2番

女：ほんとにもー、あの人ったら、守るはずもない約束ばかりするんですよ。

男：1. そんなはずはありませんよね。

2. 約束したら守らなくちゃいけませんよね。

3. 守らざるをえないでしょうね。

正解：2

3番

男：例の件は、佐藤部長におっしゃっていただけましたか。

女：1. はい、お伝えしておきました。

2. はい、申しておりました。

3. 佐藤部長はただいま席をはずしております。

正解：1

4番

男：わざわざ持って来ていただくのも大変ですから、宅急便でお送りください。

女：1. どうもご迷惑をおかけしました。

2. では、すぐお持ちします。

3. では、そのようにさせていただきます。

正解：3

5番

男：あ、いけない。切符持ってくるの忘れちゃった。

女：1. へー、そうだったんだ。

2. そんなの忘れっこないわよ。

3. あれほど言ったのに。

正解：3

6番

女：日本の国の人口は1億人ぐらいでしょうかね。

男：1. それはそうじゃないと思いますよ。

2. いや、そんなにはいないと思いますよ。

3. いや、そんなもんじゃないと思いますよ。

正解：3

7番

男：あれ？まだ残って残業してたんですか。あしたから出張でしょ？

女：1. でも、遅くまでするつもりはありません。

2. ええ、そろそろ帰ります。

3. ええ、今出かけたところです。

正解：2

8番

男：こちらのほうへは、いついらっしゃったんですか。

女：1. 昨日まいりました。

2. 3日ほどおりました。

3. いつか行きたいと思っております。

正解：1

9番

男：明日の結婚式って、出なきゃなんないかな。

女：1. もうすこしで遅刻しそうになったわ。

2. そんなの当たり前でしょ。

3. そうね、あしたは楽しみね。

正解：2

10番

女：今日は3時から会議でしょ？早く行かないと間に合いませんよ。

男：1. たいへんだ。急がなきゃ。

2. はい、がんばります。

3. もちろん会議に出ますよ。

正解：1

11番

女：お客様、プレゼントでしたらお包みしましょうか。

男：1. そうですね、お願いします。

2. はい、そのとおりです。

3. プレゼントなら、もう買いました。

正解：1

12番

男：すごいねー。有名な大学合格したんだって？

女：1. どうもお疲れ様でした。

2. はい、おかげさまで。

3. どうもおめでとうございます。

正解：2

13番

女：さあ、熱いうちにどうぞ召しあがってください。

男：1. じゃ、ちょっとおじゃまします。

2. はい、ごちそうさまでした。

3. はい、いただきます。

正解：3

14番

男：明日はアルバイトには来られないの。

女：1. はい、あしたは休ませてください。

2. はい、あしたから始めさせてください。

3. はい、アルバイトをすることにしました。

正解：1

15番

男：すみませんが、この時計、プレゼント用にリボンをつけてもらえませんか。

女：1. はい、けっこうです。

2. はい、かしこまりました。

3. わあ、ありがとうございます。

正解：2

16番

男：試験どうだった？田中先生の試験はたいへん難しいって聞いてるけど。

女：1. そうでもなかったよ。

2. そんなわけにはいかないよ。

3. 先生も知ってたよ。

正解：1

17番

男：霧が出るって言うから、飛行機で行くのはやめたら？

女：1. やっぱり飛行機は便利だね。

2. そうだね。そんなはずはないよね。

3. 大丈夫。心配しなくても。

正解：3

18番

男：ボランティアを募集してるんだけど、なかなか人が集まらなくて…

女：1. わたしでよかったらお手伝いしましょうか。

2. それは残念でしたね。

3. みなさんによろしくお伝えください。

正解：1

19番

女：ずっとあなたと連絡とれないもんだから、何かあったのかと思いましたよ。

男：1. また何かあったら教えてください。

2. ご心配かけて申し訳ございませんでした。

3. じゃあ、すぐ連絡します。

正解：2

20番

男：今のところ、このクスリを飲んだら治ってしまうというものはないんですね。

女：1. はい、ありがとうございます。

2. はい、おりません。

3. はい、ございません。

正解：3

21番

男：あれ？海外旅行に行くって言ってたのに、行かなかったの？

女：1. どうしても行くしかなかったんです。

2. 行かなくてもかまいませんよ。

3. 行ったつもりで貯金することにしたの。

正解：3

22番

男：こんなレポートじゃだめだって言われちゃったよ。自分ではうまく書いたつもりだったのに。

女：1. ほんとうに、つまらなかったですね。

2. 元気出しなさいよ。

3. 早く元気になってください。

正解：2

23番

男：来月、研究所が移転すること、お話しましたっけ？

女：1. どうぞお話しください。

2. じゃ、一度聞きます。

3. はい、伺いました。

正解：3

24番

女：私たち、あさってから海外出張ね。通訳のほう、よろしくお願いね。

男：1. がんばって、やってみます。

2. 気をつけて行ってきます。

3. うまくいってよかったですね。

正解：1

25番

男：あの水泳選手には今度こそ勝ってほしいですよね。

女：1. いつも負けてばかりですからね。

2. いつも勝ってばかりですからね。

3. なかなか買えませんからね。

正解：1

26番

男：あの、失礼します。吉田先生のゼミはこちらでしょうか。

女：1. はい、ありがとうございます。

2. はい、そうですけど…

3. はい、失礼します。

正解：2

27番

男：今日は新入生が来る日だね。

女：1. はい、どうぞ。

2. はい、来てください。

3. うん、どんな人が来るかな。

正解：3

28番

男：すみません、教務課はどこ？

女：1. 廊下をまっすぐ行って左側です。

2. うん、ちょっとそちらまで。

3. はい、そうなんですか。

正解：1

29番

女：このスープ、おいしいですけど、ちょっと辛いですね。

男：1. はい、辛くないんですよ。

2. そうですね。とうからしがかなり効いてますね。

3. はい、ほんとうですか。

正解：2

30番

女：大山さん、優勝おめでとう。よくがんばったね。

男：1. ありがとうございます。

2. ご迷惑をかけました。

3. そうですね。

正解：1

31番

男：今日はムシムシしますね。

女：1. ええ、虫がたくさんいますね。

2. ええ、とても涼しいですね。

3. ええ、とても暑いですね。

正解：3

32番

女：すみません、店員さん、荷物を送りたいんですか。

男：1. はい、いらっしゃいませ。

2. はい、ありがとうございます。

3. はい、かしこまりました。

正解：3

33番

男：もういろいろ準備はできましたか。

女：1. はい、ほとんどできません。

2. はい、ほとんどできています。

3. はい、全部できません。

正解：2

34番

男：山中さんは明るい人ですね。

女：1. ええ、よく笑う人ですね。

　　2. ええ、よく食べる人ですね。

　　3. ええ、ぜんぜん笑わない人ですね。

正解：1

35番

女：私りんごには目がないんですよ。

男：1. りんごに目があったら怖いですよ。

　　2. りんごには目がありませんよ。

　　3. じゃ、このりんごいかがですか。

正解：3

36番

女：かわいがっている猫が死んでしまったんです。

男：1. じゃ、気をつけてください。

　　2. じゃ、お大事に。

　　3. それはお気の毒に。

正解：3

37番

男：どうぞお入りください。

女：1. はい、すみません。

2. はい、失礼します。

3. はい、お願いします。

正解：2

38番

男：誰かこの本一緒に持ってくれるかな。

女：1. はい、すぐにお持ちします。

2. はい、誰か持ってくれます。

3. 今、忙しいから、また後で。

正解：3

39番

男：久しぶりだね。最近忙しいかい。

女：1. いいえ、最近忙しいよ。

2. もうそろそろ中間テストですから。

3. はい、お待たせしました。

正解：2

40番

女：今日はわざわざお越しいただきまして、まことにありがとうございました。

男：1. ごきげんよう。

2. 今日はわざわざ来ていただきました。

3. いいえ、こちらこそ、どうもお世話になりました。

正解：3

第五章　総合理解

問題5　長めの話を聞きます。この問題には練習はありません。メモをとってもかまいません。問題用紙に何も印刷されていません。まず話を聞いてください。それから、二つの質問を聞いて、それぞれ問題用紙の1から4の中から、最もよいものを一つ選んでください。

1番

庭で案内者が野菜の種まきについて説明しています。

案内者（男）：えー、今日のたねまきはこの三つです。まず、これはダイコン。ダイコンには30日ぐらいで収穫できるミニタイプと、じっくり3カ月かけて育てて収穫する大型のタイプがあります。収穫まで長くかかるものは、その間の管理が難しいので、初心者の方には早くできるタイプをお勧めします。それから、こちらは、ハクサイ。ハクサイも収穫まで45日ぐらいでできるミニタイプと、3カ月以上かかる大きいタイプがあります。やはり栽培期間が短いほうが初心者はつくりやすいでしょう。最後がラディッシュ。これはどなたにでも簡単にできるので、みなさんにお勧めですよ。

男：ねえ、どれまこうか。野菜づくりにも少し慣れてきたから難しいのに挑戦してみようか。

女：でも、失敗するのはいやだし、私は、初心者向きにしておく。

男：ぼくはダイコンはむずかしいのに挑戦してみるよ。君もやってみなよ。このあいだのきゅうりも上手に作れたじゃない。

女：そうね、やってみるか、私も。じゃ、私はハクサイの方に挑戦してみる。

男：オーケー、その意気、その意気。あと、ラディッシュは？ぼくはすこしだけ、まいてみる。

女：私、あんまり好きじゃないから、いい、ラディッシュは。

質問１：この男の人は、どの種をまくことにしましたか。

質問２：この女の人は、どの種をまくことにしましたか。

正解：2; 2

2番

看護婦さんが、健康診断を受ける部屋の説明をしています。

看護婦：えー、健康診断は、女性と男性、別々に受けてもらいます。女性は、この階の1号室と2号室で、男性はこの上の階の3号室と4号室で受けてください。それから、さっき配ったピンクとブルーの整理券を持っていると思いますが、女性はピンクの1番から50番までが1号室。51番からが2号室になります。男性はブルーの整理券の1番から40番までが3号室。残りは4号室で健康診断を受けてください。

男：あれ、ぼくのって、これ81番かな？

女：そんなわけないでしょう。男子は80人もいないんだから。ほら、やっぱりそうだ。さかさまでしょ。さかさま。上と下が。

男：ほんとうだ。あー、よかった。10番台ならけっこう早く終わりそうだね。きみは？

女：わたしはラッキーセブンがふたつ。あー、番号はいいんだけど、ちょっと時間がかかりそう。

質問1：この男の人は、どの部屋ですか。

質問2：この女の人は、どの部屋ですか。

正解：3；2

3番

学生三人が、ゼミの打ち上げについて話しています。

男1：あのさ、ゼミの打ち上げのお店、どうする？やっぱたくさん食べられる店がいいよね。だとすると、居酒屋かなあ。

女：えー、また居酒屋？たまにはちょっとおしゃれなレストラン、っていうのも、いいんじゃない？

男2：うん、たまには雰囲気、変えてみるのもいいね。でも、高い店はちょっと…

男1：だよね。やっぱり学生なんだからさ、安さ優先だよ。

女：私も、安いほうがいいけど、でも、いつもの居酒屋はいやだ。うるさくて、ゆっくり話せないんだもん。たまには落ち着いて、みんなと話したいんだよね、私。

男1：でも、静かすぎるところで、さあ、話しましょう、っていうのも、かえって話しにくいんじゃない？俺は料理の量が多いところじゃないと満足できない。

男2：難しいね。あ、そうだ。駅のそばに新しくできた居酒屋、個室があるらしいよ。部屋が分かれれば、そんなにうるさくないし。そこはどう？
女：あ、それなら居酒屋でもいいや。
男1：じゃ、そうしよう。

質問1：三人はどんな店に行きたいですか。
質問2：三人はどういう店に行くことにしましたか。
正解：4；1

4番

父親、母親、娘三人が「メタボ」について話しています。
娘：お父さん、「メタボ」ってなあに？
父：「メタボ」っていうのは「メタボリックシンドローム」のことだけど、よくそんな言葉知ってるね。
母：あいちゃん、メタボっていうのはね、おへその周りが、男性なら85センチ、女性なら90センチ以上がメタボの基準でね、お父さんもそろそろ危ないのよ。気をつけてくださいね、あなた。カロリーのとりすぎとか、不規則な食生活をしているとか、運動不足の人がメタボになりやすいんですからね。それからお酒やタバコもよくないんですよ。あなた、全部当てはまりそうだわ。

父：おいおい、そんなことないよ。酒もタバコも前よりずっと減らしてるし、それに、会社じゃパソコンの前に座りっぱなしなのわかってるから、このごろは、すこしでも歩くようにしてるし…

女：でも、このごろ残業が多くて、晩御飯は不規則だし、食べて帰ってくることもあるし。

父：そうか、それはそうだ。

母：でしょう。気をつけてくださいね。

父：うん、わかった。

娘：お父さん、わたし、おへその周り測ったげる。お母さん、わたし、メジャーとってくるね。

質問１：メタボの基準は何ですか。

質問２：お父さんがこれから、気をつけようと思ったことはどれですか。

正解：1; 4

5番

レストランの人が、メニューの説明をしています。

店員（女）：今週のコース料理は、四種類ございまして、AとBがシーフード、CとDが肉料理と

なっております。Aコースは魚のお料理、Bコースは、えびのお料理となっておりまして、こちらは「本日のおすすめメニュー」でございます。Cコースは、当店自慢の牛肉の赤ワイン煮、Dコースは、若鳥の照り焼きで、若い女性のお客さまに人気がございます。では、お決まりになりましたらお呼びくださいませ。

男の客：ぼくは、今日は魚にしようかな。

女の客：じゃあAコースね？わたしは、お肉のほうがいいなあ。

男の客：あ、いや。やっぱりこっちにする。きょうのおすすめ。うん、これに決めた。きみは？女性に人気のコースがあったよね。

女の客：それにしようかとも思ったけど、今日はあなたのおごりだし、このお店の自慢料理にするわ。

男の客：えー、一番高いやつだよ、それー。はいはい、わかりました。じゃあ注文するね。

質問１：この男の人は、どのコースを注文しますか。

質問２：この女の人は、どのコースを注文しますか。

正解：2; 3

6番

家族三人が応接間で話しています。

母：私ね、明日から、スポーツセンターに通うことにしたの。

父：えっ、ダイエットするの？

母：ちょっと違うの。ちゃんと運動して、汗を流して。もちろん痩せられればいいけどね。

息子：その気持ち、わかるよ。年をとるとね、どうしても体が言うことをきかなくなってくるから。

母：まあ、失礼ね。私は、まだ、そんな年ではありませんよ。健康のために、というのもあるけど、私、お父さんみたいに、昔スポーツをやってたわけじゃないから、自分に体力がどれくらいあるかもしれないし、自信もないのよ。

父：ふーん、そういう理由なんだ…

息子：そういえば、母さんが運動するの、見たことないな。よし、じゃあ、いっしょにやって、応援しよう。

母：それは、おことわり。というか、わたし、ほんとうに自信がないのよ。だからある程度のことが出来るまで待ってほしいの。そしたら、家族で楽しくトレーニングしましょう。

質問１：お母さんは、なぜスポーツセンターに通うことにしましたか。

質問２：お母さんは、なぜ息子と一緒に運動することを断りますか。

正解：2；1

7番

中国の留学生の劉さんとアメリカの留学生のマイクさんは日本の大学のキャンパスで話しています。

劉：あ、マイクさん、こんにちは。

マイク：おす！

劉：えっ、今、何って言ったんですか。

マイク：おす。空手部の挨拶なんだ。

劉：へえ。じゃ、それは…

マイク：これ？空手着。今から空手部の練習なんだ。

劉：えっ、空手？空手って、あの…

マイク：そう、あの空手。日本文化といえば空手だよね。

劉：へえ、そうですか。

マイク：アメリカではそうだよ。アメリカ人は、日本人ならみんな空手ができると思ってるんだ。

劉：ふうん。じゃあ、中国人は？

マイク：うーん、中国人ならカンフーかな。あの有名なジャキーチェンがやってる…

劉：ジャッキーチェン？ああ、あのホンコンの映画スターの成龍のことですね。

マイク：劉さんはカンフーができるの。

劉：いいえ。中国人だからといって、みんなカンフーができるとは限りませんよ。わたしは太極拳なら、少しやったことがありますけど…

マイク：じゃあ、ちょっとやってみせて。

質問１：中国の留学生の劉さんは何ができますか。

質問２：アメリカの留学生のマイクさんは何を練習していますか。

正解：2; 4

8番

男と女は待合室で話しています。

女：田中さん、こんにちは。

男：あ、こんにちは。佐藤さんどうしたの。どっか悪いの。

女：いいえ、友人がちょっと調子が悪くて、ついてきたんです。

男：あ、実はぼくは不眠症で悩まされているんだ。

女：勉強のしすぎ？

男：いやいや、正直に言えば、ゲームのしすぎさ。ハハハ。

女：で、治すいい方法ってあるの。

男：日本にいたときから、西洋医にずっとかかっていたんだけど、ぜんぜん効き目がなくて。それで今、漢方医を試したいと思っているんだ。

女：なるほど。そのような慢性的なものはやはり漢方がいいと思うよ。それに針灸などもやってみたらどう？

男：針か…いやだ。ぼくはああいうものが苦手なんだ。マッサージなら、ともかく。

女：針は思ったほど痛くないよ。

男：そうか。じゃ、一度試してみようかな。

質問１：男の人はなぜ不眠症にかかりましたか。

質問２：男の人は最後、漢方のどのやりかたを試したいですか。

正解：3; 2

9番

留学生寮で、王さんと日本人留学生の中村さんが話しています。

王：こんばんは。

中村：あら、王さん、こんばんは。どうぞお入りください。

王：おじゃまします。これ、先週借りた漫画、返します。どうどありがとう。

中村：へー、もう読み終わったの。はやいわね。

王：ええ、漫画は絵があって、わかりやすいから。

中村：そうね。王さん、日本では子供ばかりではなく、大人でも気分転換のため、よく漫画を読むのよ。

王：ああ、みんな漫画とか、恋愛小説などに熱中しているという記事を読んだことがあるわ。ところで、中村さんは最近何か読んでいるの。

中村：そうね。この頃私は「西遊記」を読んでるところなの。

王：へー、すごい。私だって、まだ読みきることがないのに。

質問 1：日本人の大人はなぜ漫画を読みますか。

質問 2：王さんは何のために中村さんの寮に来ましたか。

正解：4; 3

10番

日本人の先生は教室で二人の学生と話しています。

先生：二人は週末をどのように過ごしました。

女：昨日は田中さんと一緒に映画館へ行きました。

先生：そう、何を見たんですか。

男：「マトリックス」です。先生、ごぞんじですか。

先生：ああ、特撮が評判の映画ですね。おもしろかったですか。

女：はい。やはり映画館で見ると迫力が違うし、音響効果もDVDとはぜんぜん違います。

男：ぼくはいつもDVDばかりですが、王さんに誘われて行ってみて、よかったと思います。

先生：そうですか。よかったですね。

女：先生はよく映画をごらんになりますか。

先生：そうですね。日本にいるときはたまには映画館へ行ったりもしましたが、今はなかなか。

男：先生、日本では日本映画とハリウッド映画はどちらが人気がありますか。

先生：以前はハリウッド映画はおもしろい、日本映画はつまらないと言われました。しかし、最近のハリウッド映画はリメークが多いですからね。一方、日本映画は海外で賞を獲得するなど、その人気も回復していると思いますよ。

質問１：二人の学生は週末に何をしましたか。

質問２：なぜ以前は日本では、ハリウッド映画は人気がありましたか。

正解：2; 3

11番

男の人と女の人が話しています。

男：今度のパーティー、もちろん彼と一緒だよね。

女：それが…別れちゃったの、彼とは。

男：えっ！どうして？ハンサムでかっこうよかったじゃない。ああ、遊び好きなんだ。

女：その逆よ。とっても固いの。それにけちだし…

男：けちって？

女：親がうるさいらしくて、自分の給料も自由に使えないみたいなのよ。

男：そうか。まだ自立できていないんだね。

女：そうみたい。なんか頼りなくってね。

質問：女の人はどうして彼と別れましたか。

正解：1

12番

警察と女の人が話しています。

男：何を盗まれましたか。

女：ダイヤモンドの指輪。先週買ったばかりの。

男：お宅に塀はありますか。

女：はい、あります。高いのが。

男：塀が高い家が泥棒が入りにくいと思っていましたが。

女：塀が高いと外から見えないから、泥棒は仕事がしやすいんですよ。

男：そうだったんですか。

質問：泥棒が入りにくい家はどんな家ですか。

正解：1

13番

男の人と女の人が話しています。

男：試験の準備はどう？

女：一応やってるけど、田中さんは？

男：やはりヒヤリングが一番心配だよ。

女：私は会話なんだよ。それからヒヤリングも。「テスト」と聞いただけで、胸がどきどきするんだ。

男：山田さんは普段よく勉強しているし、ぜんぜん心配ないだろう？

女：いや、そんなことはないよ。あ、そうだ、会話の暗誦すべきところは…

男：15ページから27ページまでだよ。

女：え、こんなに。たいへんだ、どうしよう…

男：大丈夫よ。一緒に頑張ろう。

質問：女の人が一番心配な試験科目は何ですか。

正解：2

14番

男の人と女の人が話しています。

女：山田さん、いま時間がある？ちょっと手が離せないの。代わりにスーパーまで行ってくれない？コーヒーがなくなったの。

男：いいよ、ちょうどタバコが切れたから、出ようと思っていたんだ。

女：ありがとう。車で行くの。

男：歩くよ。すこしは運動しないとね。

女：でも急ぐのよ。

男：そうか、分かった。

質問：男の人はこれからどうしますか。

正解：3

15番

先輩の男の人と後輩の女の人が話しています。

男：ひさしぶりだね。最近忙しいかい。

女：もうそろそろ期末試験ですから。

男：期末試験なら、それほどたいしたことじゃないだろう。

女：先輩なら大丈夫でしょうが、私、大学では初めての試験なので、やはり心配しているんです。

男：大丈夫、大丈夫。試験科目はいくつあるのかな。

女：選択は会話と英語の2科目で、あとの基礎日本語とヒヤリングは必修科目です。

男：そうか。よい成績が取れるよう頑張って。

女：どうもありがとうございます。頑張ります。

質問：女の人の期末試験の科目は何ですか。

正解：4

16番

店員の男の人が客の女の人と話しています。

女：もしもし、山下です。どちら様でしょうか。

男：私、A電子の佐藤と申します。いつもお世話になっております。今弊社はお客様のパソコンについてのアンケート調査を行っておりますので、お電話をさせていただきました。少しお時間をいただいてもよろしいでしょうか。

女：いいですけど、何ですか。

男：ありがとうございます。お客様はどのようなパソコンをお使いになりたいですか。また、パソコンの性能について何かご要望がおありですか。

女：ええっと、私はノートブックパソコンとタブレットパソコンが好きですが、値段がちょっと高いんですよね。それに、外で使う機会はそんなにないので、家で使うならデスクトップパソコンが一番いいと思います。

男：はい、わかりました。いろいろご意見をいただき、まことにありがとうございました。弊社の「夏のパソコンフェア」開催の際には、是非ともお気軽にご来店くださいますよう、お待ち申し上げております。

質問：女の人は何のパソコンが一番ほしいですか。

正解：3

17番

男の学生と女の先生が話しています。

男：失礼します。

女：何か用ですか。

男：ちょっと相談したいことがあるんですか。

女：はい、いいですよ。どうぞ、かけてください。

男：ありがとうございます。

女：で、勉強のことですか。

男：いいえ、ちょっと言いにくいんですが、アルバイトのことなんです。実は田舎の両親は年を取っているので、私への仕送りで精一杯です。親のすねをかじっているのがちょっと情けないです。少しでも親の負担を減らしたいと思って、アルバイトをやろうかと考えています。先生はどう思われますか。

女：ああ、そういうことですか。親孝行なので、言うまでもなく、いいことです。でも、何のアルバイトをするつもりですか。

男：私は英語か数学の家庭教師をしたいです。

女：家庭教師の仕事なら、人に教えると同時に自分の勉強にもなりますから、本当に一石二鳥ですね。ただし、大学の勉強はまず、しっかりしなければなりませんよ。例えば、時間的にはあまり夜遅くやったりすると、体にも悪いし、翌日の授業にも悪い影響を与えますから。その辺は、注意しなければなりませんよ。

男：はい、わかりました。どうもありがとうございます。

質問：男の人が先生と相談したいことは、何ですか。

正解：2

18番

宅急便コーナーで、男の店員と女の客が話しています。

男：いらっしゃいませ。

女：すみません、荷物を送りだいんですか。

男：はい、かしこまりました。すみません、伝票を書いていただけますか。荷物は二つですね。

女：はい、二つです。

男：大きいのは120サイズ、小さいのは80サイズですね。

女：はい、あの、すみません。これでよろしいですか。

男：はい、結構です。ええと、二つで1520円です。料金は

今お払いですか、それとも着払いになさいますか。
女：えっ？着払いって？
男：着払いというのは荷物が届いたら支払うということなんです。
女：ああ、そうなんですか。じゃ、今支払います。ところで、いつ届きますか。
男：ええと、お届け先は大阪ですから、明日には着くと思います。
女：はい、わかりました。よろしくお願いします。
男：どうもありがとうございました。

質問：女の人はどの料金の払い方を選びましたか。
正解：3

19番

白山登山中の会話で、男の人と女の人が話しています。
男：山下さん、こんにちは。
女：やあ、こんにちは。王さんは車で来たの。
男：いいえ、免許を持っていないし、車もありません。電車とバスを乗り継いで来ました。
女：それは、ご苦労様。実はわたしはマウンテンバイクを二台乗せてきたので、ここから麓までまずバイクで行って。それから、登って行こう。

男：ようし。実は半年前に夏休みに海辺で二人乗りの自転車をレンタルして乗っただけなんです。だから、今日はマウンテンバイクで思い切って行こう。

女：そうなの。じゃあ、用意、スタート！

男：山下さん、白山って有名なんですか。

女：もちろん。富士山と並ぶ霊山の一つだよ。

男：なるほど。じゃあ、登山者も多いですか。

女：結構多いよ。現代社会はストレスがたまりやすいから、そういう時やはり都会の喧騒から逃げたい、そして大自然の懐に飛び込んで汗を流してストレスを解消したいわけだよ。

男：そうですか。金のかからないいい方法ですね。

質問：二人はどのように山に登るつもりですか。

正解：4

20番

旅行会社のカウンターで男の客と女の店員が話しています。

男：あのう、チケットを予約したいんですか。

女：はい、どちらへいらっしゃいますか。

男：奈良の方へ行きたいんですけど。
女：ご出発はいつのご予定ですか。
男：できれば、5月3日午前中の方がいいんですか。
女：はい、わかりました。少々お待ちください。お待たせしました。まことに申し訳ございませんが、3日午前中のふた便はすでに満席になっております。
男：そうなんですか。それなら、午後の便でもいいですよ。
女：じゃ、午後の便でもいいなら、もう一度調べます。すみません、午後の便もやはり空席がありません。ピークなので、なかなか難しいですね。
男：そうですか。どうしても奈良に行きたいんですか。
女：それなら、お客様、キャンセル待ちをなさいませんか。
男：仕方がないんですね、そうします。

質問：男の人はいつのチケットを予約しましたか。

正解：4

答え

第一章　課題理解

1番	2番	3番	4番	5番	6番	7番	8番	9番	10番
2	1	4	4	2	2	4	4	4	3

11番	12番	13番	14番	15番	16番	17番	18番	19番	20番
1	1	3	2	1	1	3	2	4	3

第二章　ポイント理解

1番	2番	3番	4番	5番	6番	7番	8番	9番	10番
4	1	2	3	4	1	2	4	1	3

11番	12番	13番	14番	15番	16番	17番	18番	19番	20番
3	1	4	2	4	1	4	1	1	4

第三章　概要理解

1番	2番	3番	4番	5番	6番	7番	8番	9番	10番
2	1	4	1	4	3	3	4	3	2

11番	12番	13番	14番	15番	16番	17番	18番	19番	20番
4	4	1	2	2	4	4	1	3	2

第四章　即時應答

1番	2番	3番	4番	5番	6番	7番	8番	9番	10番
3	2	1	3	3	3	2	1	2	1

11番	12番	13番	14番	15番	16番	17番	18番	19番	20番
1	2	3	1	2	1	3	1	2	3

21番	22番	23番	24番	25番	26番	27番	28番	29番	30番
3	2	3	1	1	2	3	1	2	1

31番	32番	33番	34番	35番	36番	37番	38番	39番	40番
3	3	2	1	3	3	2	3	2	3

第五章　總合理解

1番		2番		3番		4番		5番		6番		7番		8番		9番		10番	
質問1	質問2	質問1	質問2	質問1	質問2	質問1	質問2	質問1	質問2	質問1	質問2	質問1	質問2	質問1	質問2	質問1	質問2	質問1	質問2
2	2	3	2	4	1	1	4	2	3	2	1	2	4	3	2	4	3	2	3

11番	12番	13番	14番	15番	16番	17番	18番	19番	20番
1	1	2	3	4	3	2	3	4	4

歡迎至本公司購買書籍

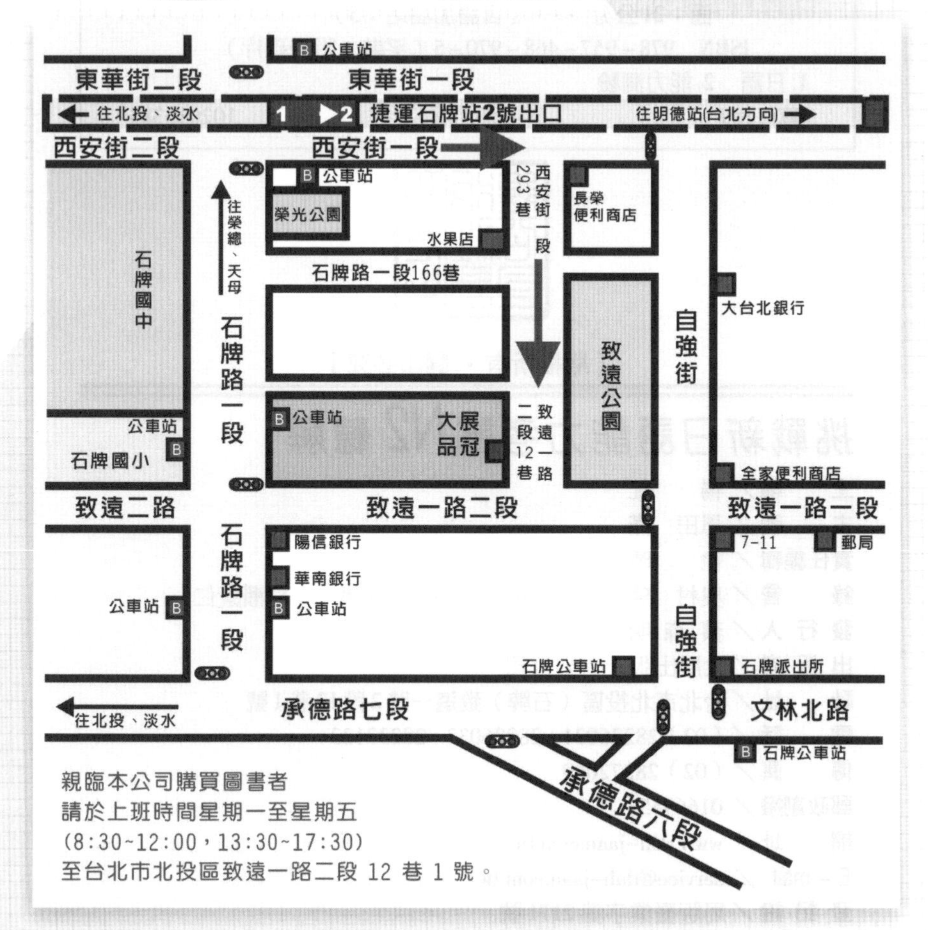

建議路線

1.搭乘捷運・公車

淡水線石牌站下車，由石牌捷運站２號出口出站(出站後靠右邊)，沿著捷運高架往台北方向走(往明德站方向)，其街名為西安街，約走100公尺(勿超過紅綠燈)，由西安街一段293巷進來(巷口有一公車站牌，站名為自強街口)，本公司位於致遠公園對面。搭公車者請於石牌站(石牌派出所)下車，走進自強街，遇致遠路口左轉，右手邊第一條巷子即為本社位置。

2.自行開車或騎車

由承德路接石牌路，看到陽信銀行右轉，此條即為致遠一路二段，在遇到自強街(紅綠燈)前的巷子(致遠公園)左轉，即可看到本公司招牌。

大展好書　好書大展
品嘗好書　冠群可期